AF544482

GRöLS
Verlage

„Bücher sind wie Fallschirme. Sie nützen uns nichts, wenn wir sie nicht öffnen."

Gröls Verlag

Redaktionelle Hinweise und Impressum

Das vorliegende Werk wurde zugunsten der Authentizität sehr zurückhaltend bearbeitet. So wurden etwa ursprüngliche Rechtschreibfehler regelmäßig *nicht* behoben, denn kleine Unvollkommenheiten machen das Buch – wie im Übrigen den Menschen – erst authentisch. Mitunter wurden jedoch zum Beispiel Absätze behutsam neu getrennt, um den Lesefluss zu erleichtern.

Um die Texte zu rekonstruieren, werden antiquarische Bücher von Lesegeräten gescannt und dann durch eine Software lesbar gemacht. Der so entstandene Text wird von Menschen gegengelesen und korrigiert – hierbei treten auch Fehler auf. Wenn Sie ebenfalls antiquarische Texte einreichen möchten, finden Sie weitere Informationen auf www.groels.de

Viel Freude bei der Lektüre wünscht Ihnen das Team des Gröls-Verlags.

Adressen

Verleger: Hermann-Josef Gröls,

Im Borngrund 26, 61440 Oberursel

Externer Dienstleister für Distribution & Herstellung:

BoD, In de Tarpen 42, 22848 Norderstedt

Unsere „Edition | Werke der Weltliteratur“ hat den Anspruch, eine der größten und vollständigsten Sammlungen klassischer Literatur in deutscher Sprache zu werden. Nach und nach versammeln wir hier nicht nur die „üblichen Verdächtigen“ von Goethe bis Schiller, sondern auch Kleinode der vergangenen Jahrhunderte, die – zu Unrecht – drohen, in Vergessenheit zu geraten. Wir kultivieren und kuratieren damit einen der wertvollsten Bereiche der abendländischen Kultur. Kleine Auswahl:

Francis Bacon • Neues Organon • **Balzac** • Glanz und Elend der Kurtisanen • **Joachim H. Campe** • Robinson der Jüngere • **Dante Alighieri** • Die Göttliche Komödie • **Daniel Defoe** • Robinson Crusoe • **Charles Dickens** • Oliver Twist • **Denis Diderot** • Jacques der Fatalist • **Fjodor Dostojewski** • Schuld und Sühne • **Arthur Conan Doyle** • Der Hund von Baskerville • **Marie von Ebner-Eschenbach** • Das Gemeindekind • **Elisabeth von Österreich** • Das Poetische Tagebuch • **Friedrich Engels** • Die Lage der arbeitenden Klasse • **Ludwig Feuerbach** • Das Wesen des Christentums • **Johann G. Fichte** • Reden an die deutsche Nation • **Fitzgerald** • Zärtlich ist die Nacht • **Flaubert** • Madame Bovary • **Gorch Fock** • Seefahrt ist not! • **Theodor Fontane** • Effi Briest • **Robert Musil** • Über die Dummheit • **Edgar Wallace** • Der Frosch mit der Maske • **Jakob Wassermann** • Der Fall Maurizius • **Oscar Wilde** • Das Bildnis des Dorian Grey • **Émile Zola** • Germinal • **Stefan Zweig** • Schachnovelle • **Hugo von Hofmannsthal** • Der Tor und der Tod • **Anton Tschechow** • Ein Heiratsantrag • **Arthur Schnitzler** • Reigen • **Friedrich Schiller** • Kabale und Liebe • **Nicolo Machiavelli** • Der Fürst • **Gotthold E. Lessing** • Nathan der Weise • **Augustinus** • Die Bekenntnisse des heiligen Augustinus • **Marcus Aurelius** • Selbstbetrachtungen • **Charles Baudelaire** • Die Blumen des Bösen • **Harriett Stowe** • Onkel Toms Hütte • **Walter Benjamin** • Deutsche Menschen • **Hugo Bettauer** • Die Stadt ohne Juden • **Lewis Caroll** • *und viele mehr….*

Aristophanes
Die Wolken

Personen

Sokrates

Chairephon

Schüler des Sokrates

Strepsiades

Pheidippides

Pasias

Amynias

Der Anwalt der guten Sache

Der Anwalt der schlechten Sache

Chor der Wolken

Zeugen, Sklaven

Erste Szene

Morgendämmerung. Straße einer Vorstadt von Athen. Wohnung des Sokrates. In deren Nähe das Haus des Strepsiades, in dessen Schlafzimmer man hineinsieht

Strepsiades. Pheidippides. *Im Hintergrund Sklaven. Alle schlafend auf ihrem Nachtlager*

Strepsiades *erwacht und gähnt*:

I-uh! I-uh!
Allmächtiger Zeus, welch ewig lange Nächte!
Nein, zum Verzweifeln! – Will's denn gar nicht tagen?
Den Hahnenschrei hab' ich doch längst gehört. –
Die Sklaven schnarchen – – Sonst vertrieb man's ihnen!
Mit der Faust agierend, auffahrend
Ein wahres Elend, der verdammte Krieg!
Man muß sich scheu'n sogar, die Kerls zu prügeln.
Und auch mein hoffnungsvoller Junker dort,
Der wacht die ganze Nacht nicht auf und farzt,
In Geißfelldecken fünffach eingewickelt! –
Meinthalb! – Ich deck' mich zu und schnarche mit. –
Nach einer Pause
Ja, wenn ich schlafen könnte! – Au, das zwickt,
Das Zahlen, Rossefüttern, Schuldenmachen
Für dieses Früchtchen da! – Und er? – Mit langen
Gelockten Haaren reitet er und fährt,

Und träumt von nichts als Rossen. – Ich – verzweifle.
Sooft der Monat halb vorüber ist:
Da rückt der Zins heran. – He, Bube, Licht!
Und bring das Hausbuch! – Muß doch nachsehn, wem
Ich alles schuld', und was die Zinsen machen.

Ein Sklave bringt Licht und Buch

Laß sehn: was bin ich schuldig? – Pasias –
Zwölf Pfund! – dem Pasias zwölf? – wofür? – Aha!
Der Goldfuchs, den ich kauft'! – Ein Auge gäb' ich
Darum, hätt' ich gespart die goldnen Füchse!

Pheidippides *im Schlafe*

Philon, das geht nicht! Fahr auf deiner Bahn!

Strepsiades: Da habt ihr's! Das ist grade mein Ruin!
Von nichts als Rossen spricht er selbst im Traum.

Pheidippides *wie oben*:

Wie viele Fahrten gilt's mit dem Gespann?

Strepsiades: Mir gilt's! Mich, deinen Vater, jagst du 'rum!

Liest weiter im Buch

Pasias! – „Was lastet sonst für Schuld auf mir?" –
Amynias – für Rad und Sitz: drei Minen.

Pheidippides *wie oben*:

Fort mit dem Roß zur Schwemm', und dann nach Haus!

Strepsiades *lauter*:

Mich schwemmst du weg von Haus und Hof, du Schlingel!

Der will sein Geld zurück, zehn andre drohn
Mich aufzupfänden für die Zinsen –

Pheidippides *erwachend*: Vater,
Was stöhnst und wälzt du dich die ganze Nacht?

Strepsiades: Die Brummer beißen mich zum Bett hinaus.

Pheidippides: Hör, Alter, laß mich noch ein wenig ruhn!

Strepsiades: Schlaf du nur zu; die ganze Schuldenlast,
Das sag' ich dir, fällt doch auf deinen Kopf! –
Verdammte Kupplerin, die mich beschwatzt,
Daß ich zum Weibe deine Mutter nahm!
Das schönste Leben hätt' ich auf dem Lande:
Hübsch durcheinander, recht im Speck und Dreck,
Behaglich unter Honig, Woll' und Trestern!
Da nahm ich, Bauer, aus dem Haus Megakles
Megakles' Nichte, städtisch, üppig, stolz
Und flott, die eingefleischte Koisyra:
Als ich mit der das Hochzeitsbett bestieg,
Roch ich nach Hefe, Käs und schmutz'ger Wolle,
Sie nach Pomade, Schmink' und Zungenküßchen,
Hoffart, Verschwendung, Schlemmerei und Buhlschaft.
Faul war sie nicht, o nein, sie zettelte
Am Webstuhl, und ich zeigt' ihr oft mein Wams
Und sprach verblümt: ›Frau, du verzettelst viel!‹

Sklave: In unsrer Lamp' ist nicht ein Tropfen Öl!

Strepsiades: Was brennst du denn auch die versoffne Ampel?
Komm her, ich will dir! *Schlägt nach ihm*

Sklave: Aber, Herr, warum denn?

Strepsiades: Was steckst du grad den dicksten Docht hinein?
Sklave ab
Danach, als uns dies Söhnchen ward beschert,
Will sagen, mir und meiner wackern Ehfrau,
Gleich zankten wir uns über seinen Namen:
Sie wollt' ein ›Hippos‹ dran, 'nen Ritternamen,
Philipp, Charipp, Xanthipp, Kallipides,
Ich, nach dem Großpapa: Pheidonides.
Wir stritten hin und her, bis wir zuletzt
Eins wurden, ihn Pheidippides zu nennen.
Sie nahm ihn auf den Arm und streichelt' ihn:
›Wenn du mal groß bist und im Purpurrock
Zur Stadt fährst wie Megakles‹ – ›Nein, wenn du
Im Schafpelz‹ – fiel ich ein – ›vom Phelleuswald
Heim mit den Ziegen fährst, wie einst dein Vater – –‹
Was half's? Auf meine Lehren hört' er nicht,
Und hat mir nun auch Hab und Gut verrösselt.
Da sinn' ich nun die Nacht durch hin und her,
Und einen Ausweg hab' ich jetzt gefunden,
Nein, göttlich, einzig! – Folgt er mir, bin ich
Geborgen! – Vorderhand will ich ihn wecken;
Doch ja recht sanft! – Laß sehn, wie mach' ich das? –

Pheidippides! *Geht an sein Lager*

Pheidippides'chen!

Pheidippides: Vater?

Strepsiades: Komm, küsse mich und gib mir deine Hand!

Pheidippides *steht auf*:

Da! Und was weiter?

Strepsiades: Sag: hast du mich lieb?

Pheidippides: Das weiß Poseidon dort, der Gott der Rosse!

Strepsiades: Ich bitt' dich, laß den Roßgott aus dem Spiel:
Der hat mich in das Herzeleid gebracht;
Nein, wenn du in der Tat mich zärtlich liebst,
Dann folge mir, mein Sohn!

Pheidippides: Was soll ich denn?

Strepsiades: Kehr um von Stund' an, führ' ein andres Leben,
Und geh und lerne, was ich dir empfehle!

Pheidippides: Sag nur, was willst du?

Strepsiades: Folgst du auch?

Pheidippides: Ich folge,
Beim Dionys!

Strepsiades: Komm her, da schau hinaus:
Siehst du das Pförtchen und das Häuschen dort?

Pheidippides: Ich seh' es, Vater! Und was ist's damit?

Strepsiades: Das ist die Werkstatt tiefgelehrter Denker,
Da wohnen Männer, die beweisen dir:
Der Himmel sei ein mächtiger Backofen,
Der uns umgibt, und wir die Kohlen drin;
Die lehren dich fürs Geld die Kunst, mit Worten
Recht oder Unrecht glücklich zu verfechten.

Pheidippides: Wer sind denn die?

Strepsiades: Die Namen weiß ich nicht:
Ideologen, Herrn von Stand und Bildung.

Pheidippides: Pah! Schurken sind's, die kenn' ich wohl; du meinst
Die blassen windigen Barfüßer, jenen
Beseßnen Sokrates und Chairephon!

Strepsiades: Pst! Pst! So schwatze doch nicht wie ein Kind!
Und liegt dir was am Brotkorb deines Vaters,
Dann halte dich an *sie*, und laß das Rösseln!

Pheidippides: Nein, beim Dionys, und wenn du auch die schönsten
Wallachen des Leogoras mir schenktest!

Strepsiades: „Mein Liebstes auf der Welt!“ Geh hin, studiere
Mir dort!

Pheidippides: Was soll ich denn für dich studieren?

Strepsiades: Sieh, die verstehn sich auf zwei Künste dort,
Die Kunst der guten und der schlechten Sache.
Der Redner, der der schlechten sich bedient,

Gewinnt, und wenn er zehnmal unrecht hätte.
Nun sieh, wenn du die schlechte Kunst mir lernst,
Dann kriegt kein Gläubiger von allem Geld,
Das ich für dich geborgt, 'nen Obolos.

Pheidippides: Das kann ich nicht: so käsegelb, wie die –
Wie könnt' ich noch ins Aug' den Rittern sehn?

Strepsiades: Dann, bei Demeter, friß wo anders, du,
Ja, du, dein Rennpferd und dein Sattelgaul!
Ich jag' dich aus dem Haus, verdammter Schlingel!

Pheidippides: Was scher' ich mich um dich? Mein Ohm Megakles
Läßt mich nicht ohne Roß: ich geh' zu dem! *Ab*

Strepsiades *allein*:
Da lieg' ich nun! – – Ich steh' auch wieder auf!
Mit Gottes Hilfe lern' ich selbst noch was;
Ich selber geh' jetzt in die Denkerklause.
Geht auf Sokrates' Wohnung zu, bleibt stehen
Doch – werd' ich, alt, vergeßlich, langsam, wie
Ich bin – kapieren all die Tüftelei'n?
Entschlossen
Nur zu! Was zaudr' ich da noch lang? – Wohlan,
Ich klopf einmal! He, Junge, Jüngelchen!

Scholar *kommt heraus*:
Zum Henker auch! Wer klopft da an die Tür?

Strepsiades: Strepsiades, Sohn Pheidons, von Kikynna.

Scholar: Du roher Mensch, bar aller Zucht des Denkens,
So barsch zu klopfen! – Ein Begriff, soeben
Im Werden, ward durch dich zur Fehlgeburt.

Strepsiades: Verzeih! Ich bin halt bäurisch aufgewachsen;
Doch sag: was ist das mit der Fehlgeburt?

Scholar: Nur den Scholaren wird das anvertraut.

Strepsiades: Dann sag du mir's nur frei: denn als Scholar
Komm' ich hierher zur Philosophenklause.

Scholar: Nun denn: – allein betracht' es als Geheimnis! –
Den Chairephon fragt Sokrates soeben:
›Wieviel Flohfüße weit ein Floh wohl hüpft?‹
Dem Meister nämlich sprang just auf den Kopf
Ein Floh, der Chairephon am Aug' gestochen.

Strepsiades: Wie hat er das gemessen?

Scholar: Hör und staune:
Er fängt den Floh, läßt Wachs zergehn und taucht
Ihn mit den Füßen drein, das Ding erkaltet,
Pantoffeln trägt der Floh, ganz angegossen,
Die nimmt er ab und mißt damit die Weite.

Strepsiades: Großmächt'ger Zeus! Das nenn' ich Geist und Scharfsinn!

Scholar: Was sagst du erst, wenn du von einer andern
Idee des Meisters hörst?

Strepsiades: Von welcher? Sprich!

Scholar: Denk! Chairephon aus Sphettos fragt ihn jüngst,
Wofür er sich entscheid': ob durch das Mundstück
Die Schnaken singen oder durch den Bürzel?

Strepsiades: Ei, und wie löst' er dann die Schnakenfrage?

Scholar: Er sprach: ›Der Darmkanal der Schnaken ist
Sehr eng: da drängt die eingepreßte Luft
Nun mit Gewalt sich durch, dem Bürzel zu;
Und weil die Öffnung plötzlich sich erweitert,
Fährt mit Musik der Wind zum Loch heraus.‹ –

Strepsiades: So wär' ein Schnakenloch 'ne Art Trompete! –
Heil dem aposteriorisch tiefen Forscher!
Wer so durchdringt den Hintern einer Schnake,
Kriecht leicht auch durch die Gänge der Justiz.

Scholar: Jüngst freilich kam um einen Kraftgedanken
Er durch 'ne Eidechs.

Strepsiades: Ei, wieso? Laß hören?

Scholar: Nacht war's! Des Mondes Bahn und Wechsel eben
Erforschend, sah er auf mit offnem Mund;
Da schmeißt vom Dach herab auf ihn das Tierchen.

Strepsiades *lachend*:
Ein lustig Tierchen! – Schmeißt auf Sokrates?!

Scholar: Hör! Gestern abend – hatten wir nichts zu essen. –

Strepsiades: Ei nun, wie griff er's an, euch Brot zu schaffen?

Scholar: Im Ringhof streut' er feine Asche hin,
Nahm einen Bratspieß, bog ihn krumm, und – husch!
Hatt' er ein Opferstück vom Tisch gezirkelt.

Strepsiades: Was? Und wir staunen noch den Thales an?
Geschwind! Mach auf die Philosophenklause!
Ich muß, ich muß ihn sehn, den Sokrates!
Mich schülert's ganz entsetzlich: tu mir auf!

Durch die geöffnete Türe sieht man in die gemeinsame Studierstube der Philosophen hinein: der Meister hoch oben in einer Hängematte, die Schüler zusammengekauert am Boden zwischen mathematischen Instrumenten und Bücherrollen

Strepsiades *fährt zurück*:
Herakles! Was sind das für Wundertiere?

Scholar: Du staunst? Wie kommen sie dir vor?

Strepsiades: Wie die
Von Pylos, die spartanischen Gefangnen. –
Was sehn denn die so bleich und stier zur Erde?

Scholar: Sie suchen, was die Erde birgt.

Strepsiades: Ha ha,
Sie suchen Zwiebeln: o bemüht euch nicht!
Ich zeig' euch, wo recht schöne, große stecken. –
Was tun denn die, gebückt, die Nas' am Boden?

Scholar: Sie spähn dem Urgrund nach tief unterm Hades.

Strepsiades: Ihr Hinterer aber schaut ja auf zum Himmel?

Scholar: Der treibt Astronomie auf eigne Hand.
Leise zu den Scholaren, die neugierig herbeikommen
Hinein! Wenn Er uns jetzt bemerkte! Fort!

Strepsiades: So laß sie doch, sie sollen bleiben, bis
Ich ihnen mein Geschäftchen vorgetragen.

Scholar: Nein, nein, beileib, sie dürfen nicht so lang
Hier außen bleiben an der frischen Luft!

Strepsiades *folgt den Scholaren, die sich zurückziehen, bis an die Schwelle und erblickt einen Globus:*
Bei allen Göttern, sprich, was ist denn das?

Scholar: Astronomie, mein Freund!

Strepsiades *auf einen Meßtisch deutend*: Und dieses da?

Scholar: Geometrie.

Strepsiades: Wofür ist das denn gut?

Scholar: Um Land zu messen.

Strepsiades: Wie? Verlostes Land?

Scholar: Land überhaupt, das Erdreich.

Strepsiades: Ganz charmant!
Das ist doch was fürs Volk, erklecklich, praktisch.

Scholar *auf eine Landkarte zeigend*:

Hier ist die ganze Erde: siehst du hier
Athen?

Strepsiades: Das soll Athen sein? Seh mir einer!
Wo sitzt denn da auch nur ein einz'ger Richter?

Scholar: Verlaß dich drauf, hier siehst du Attika!

Strepsiades: Wo sind denn meine Landsleut' in Kikynna?

Scholar: Da drinnen stecken sie! Sieh her, daneben
Liegt auch Euboia, hier, lang hingestreckt.

Strepsiades: Weiß schon: wir und Perikles streckten's hin. –
Wo ist denn Lakedaimon?

Scholar: Wo? Da, hier!

Strepsiades *kopfschüttelnd*:

So nah bei uns? – Studiert doch ernstlich drauf,
Daß ihr das Nest da wegschafft weit von uns!

Scholar: Du Narr, das geht nicht.

Strepsiades: Ei so geht zum Schinder!
Sieht in die Höhe und erblickt den Sokrates
Wer ist denn der dort in der Hängematte?

Scholar *mit gedämpfter Stimme*:

Er!

Strepsiades *laut*: Wer Er?

Scholar: Sokrates.

Strepsiades: Du, Sokrates! – – –

Sokrates bleibt unbeweglich. Zum Scholaren

Du, schrei mir ihn einmal recht tüchtig an!

Scholar: Ruf du ihn selbst, ich habe keine Zeit.

Geht hinein und macht sich zu tun

Strepsiades: He, Sokrates! – –Sokrates'chen – – Du dort!

Stimme aus der Höhe: Was rufst du mich, du Sohn des Staubes?

Strepsiades: Nein, aber sag, was machst du denn da oben?

Sokrates *langsam und feierlich*:

In Lüften schweb' und Helios überseh' ich.

Strepsiades: So? Über unsre Götter siehst du weg? –
Warum denn hoch im Korb und nicht am Boden?

Sokrates: Wie könnt' ich wahr das Überird'sche deuten:
Wenn schwebend nicht des Geistes zarter Äther
Mit dem verwandten Element sich mischte?
Umsonst vom Boden unten schaut' ich auf
Nach oben: denn die Erde zieht zu sich
Unwiderstehlich des Gedankens Tau: –
Ein Beispiel hast du an der Brunnenkresse.

Strepsiades: Was sagst du da? – –
Das Denken zieht den Tau der Kresse zu? –

Hör, Sokrates'chen, komm zu mir herunter,
Ich will was lernen, komm und sei mein Lehrer!

Sokrates *läßt sich herab*:
Was willst du lernen?

Strepsiades: Reden, lieber Mann!
Die Zinsen und die groben Gläub'ger, denk,
Die plündern, pfänden, ziehn mich völlig aus.

Sokrates: Wie kamst du denn in Schulden, dummer Mensch?

Strepsiades: Roßfieber heißt die Krankheit, die mich frißt. –
Jetzt lehre mich von deinen beiden Künsten
Die: Nichts zu zahlen, und das Honorar
Erleg' ich gleich, das schwör' ich bei den Göttern!

Sokrates: Bei welchen Göttern? – Denn die Götter sind
Hier abgeschätzte Münz'.

Strepsiades: Wie schwört denn ihr?
Bei eisernen, wie's in Byzanz gebräuchlich?

Sokrates: Willst du der Götter Wesen aus dem Grund
Begreifen lernen? –

Strepsiades: Ja, bei Zeus, womöglich.

Sokrates: Und mit den Wolken selber Zwiesprach halten,
Die unsre Götter sind?

Strepsiades: Das möcht' ich gern.

Sokrates *deutet nach einem Lotterbett*:

So setze dich auf diesen heil'gen Sitz!

Strepsiades: Das kann ich schon! Da sitz' ich.

Sokrates: So! Jetzt nimm
Den Kranz!

Strepsiades: Wozu den Kranz? *Ängstlich* Ach, Sokrates,
Wollt ihr mich opfern, wie den Athamas?

Sokrates: Mitnichten! – Solches tun wir stets, wenn einer
Wird eingeweiht.

Strepsiades: Was hab' ich denn davon?

Sokrates setzt ihm einen mit Sand und Staub bedeckten Kranz aufs Haupt

Sokrates: Ein Sprecher wirst du, flink, gewandt, gerieben,
Wie Mehlstaub fein –
Strepsiades, dem der Sand ins Gesicht fällt, schüttelt sich
So halt doch still!

Strepsiades: Wahrhaftig,
So ist's, schon bin ich um und um voll Staub.

Sokrates *mit Salbung*:

Andächtiges Schweigen geziemt dem Greis, und es lausche sein Ohr dem Gebete! –
Betend
Allwaltende Herrin, unendliche Luft, die du hältst in der Schwebe den Erdball!

Und du, strahlender Äther, ihr Göttinnen hehr, blitzdonner- und hagelgewaltig,
Erhebt euch, erscheinet, erhabene Frau'n, in den Höhen dem sinnenden Forscher!

Strepsiades: Nein, ich bitte, noch nicht! Laß den Mantel mich erst um den Kopf ziehn wider die Nässe!
Verdammt, daß ich heut auch gerade von Haus bin gegangen ohne den Filzhut!

Sokrates: Kommt, kommt, hochheilige Wolken, und gönnt ihm den Anblick eurer Gestalten!
Wo ihr immer verweilt, auf Olympos' Höh'n, den beschneiten, heiligen, oder
In Vaters Okeanos' Gärten, vereint mit den Nymphen zum festlichen Reigen,
Ob am flutenden Nil ihr soeben die Flut in goldenen Eimern heraufzieht,
Ob ihr schwebt am maiotischen See oder fern auf dem schneeigen Gipfel des Mimas:
Wo ihr seid, o erhört mich und schauet mit Huld auf das Opfer der heiligen Weihe!

Chor der Wolken *noch unsichtbar; Blitz und Donner*
Schwimmende Wolken, ans Licht
Ziehn wir, die leuchtenden, ewig beweglichen,
Unversieglichen,
Ziehen herauf aus dem Schoße des tosenden

Vaters Okeanos, auf zu den waldigen
Gipfeln der Berge, schaun
Nieder auf fernhin erglänzende Zinnen, auf
Saaten, hinab auf die säugende, heilige
Erd' und die göttlichen, rauschenden Ströme bis
Hin zu des wogenden, stöhnenden Meeres Flut:
Denn unermüdet ja leuchtet das Auge des Äthers
Schwimmend in heitrer Klarheit! –
Auf denn! Wie schütteln von unsern unsterblichen
Leibern die tauige Hüll', und mit leuchtendem
Aug' überschaun wir die weite Erde.

Blitz und Donner

Sokrates: Ihr erhabenen Wolken, ihr habt mich erhört und erscheint mir von Auge zu Auge!
Zu Strepsiades
Und vernahmst du die göttliche Stimm' und den Knall des rollenden heiligen Donners?

Strepsiades: O gewißlich, ich bet', ihr Erhabnen, euch an, und es drängt mich, den Knall zu erwidern;
Ach, es kommt mir, es kommt: so entsetzliche Furcht, solch Zittern und Beben ergreift mich,
Ob ihr gut dazu seht oder nicht, ich vermag es nicht länger zu halten – ich kacke!

Sokrates: Mensch, laß mir die Possen, geriere dich nicht wie die teuflischen Hefengesichter!

Andächtige Stille! Der Göttinnen Schar, sie naht sich mit heil'gem Gesange!

Chor: Jungfraun mit tauendem Haar
Schweben wir hin zu Athenes gesegneten
Gauen, des Kekrops
Heldenerzeugende, liebliche Flur zu schaun,
Die das Geheimnis mystischer Feier wahrt,
Wo sich das Heiligtum
Öffnet am Feste der Weihe den Schauenden,
Dort wo Geschenke, Bilder und ragende
Tempel die himmlischen Götter verherrlichen,
Festliche Züge der Frommen, der Seligen,
Jubel der Blumenbekränzten und Schmausenden,
Wechselnd im Tanz der Horen;
Heut', mit dem nahenden Lenze, des Bakchos Fest,
Fröhlich mit Tanz und Gesang um die Wette zum
Helltönenden Klang der Flöten!

Strepsiades: Ich beschwöre dich bei dem allmächtigen Zeus, wer sind sie denn, Sokrates, die da,
Die so prächtig singen, so furchtbar schön? Halbgöttinnen, sollte man glauben!

Sokrates: Bewahre, die himmlischen Wolken sind's, der Müßigen göttliche Mächte,
Die Gedanken, Ideen, Begriffe, die uns Dialektik verleihen und Logik,

Und den Zauber des Worts, und den blauen Dunst, Übertölplung, Floskeln und Blendwerk.

Strepsiades: Drum ist mir doch auch, da ihr Lied ich vernahm, meine Seel' in den Äther entflogen
Und versucht jetzt schon dialektisch den Rauch zu zerlegen in seine Atome,
Jeden Satz zu zersetzen mit Sätzchen und fein auf die Silben mit Silben zu stechen;
Drum verlangt es mich sehr, wenn es irgend erlaubt, sie von Antlitz zu Antlitz zu schauen.

Sokrates: So blicke nur hin nach dem Parnes dort: schon seh' ich gemessenen Schrittes
Sie herniederwandeln.

Strepsiades: Ei zeig mir doch, wo?

Sokrates: Dort rücken heran sie in Masse,
Durch Schluchten und Büsche, dort seitwärts herab, siehst du?

Strepsiades: Das begreif mir ein andrer!
Ich seh' sie ja nicht!

Sokrates: An dem Eingang dort!

Strepsiades: Eine Spur kaum seh' ich von ihnen!

Der Chor der Wolken tritt in die Orchestra ein

Sokrates: Aber jetzt doch wohl: sonst glaub' ich, du hast Schmalzklumpen, wie Kürbsen, im Auge.

Strepsiades: Beim Zeus, ja, ja! Ihr Erhabnen, ich seh', schon wimmelt der Boden von Wolken.

Sokrates: Und du wußtest es nicht, und du glaubtest es nicht, daß sie Göttinnen sind und unsterblich?

Strepsiades: Meiner Seel', ich sah sie mein Lebtag an für Tau und Nebel und Dünste.

Sokrates: So, so? Und du weißt also nicht, daß *sie* die Sophisten, die vielen, ernähren,
Quacksalber, Propheten echt thurischen Stammes, brillantringfingrige Stutzer,
Dithyrambische Schnörkelverdrechsler zu Hauf, sternschnuppenbeguckende Gaukler:
Sie füttern sie alle, das müßige Volk, das ihnen zu Ehren lobsinget.

Strepsiades: Drum singen sie auch von „des feuchten Gewölks blitzschlängelndverheerendem Sturmschritt",
Von „der duftigen, tauig krummklauigen Schar luftmeerdurchschwimmender Vögel"
Und von „Wassergüssen des Regengewölks"; und für diese Ergüsse verschlingen
Sie die leckersten Stücke des prächtigsten Aals und die köstlichsten Krammetsvögel!

Sokrates: Und verdienen sie das um die Wolken denn nicht?

Strepsiades: Meinthalben! Erklär' mir nur eines:
Wenn sie Wolken doch sind, leibhaftig, wie kommt's, daß wie

sterbliche Weiber sie aussehn?
Die droben, die sind doch wahrhaftig nicht so!

Sokrates: Ei nun, und wie sehen denn die aus?

Strepsiades: Das kann ich so recht nicht beschreiben, ich mein': wie ein Haufen verzettelter Wolle;
Von Weibern einmal nicht die mindeste Spur! Und die da – die haben ja Nasen!

Sokrates: Du, gib einmal Antwort! Ich frage dich –

Strepsiades: Schnell, nur heraus damit, ohne Präambel!

Sokrates: Hast du nie in der Höh' eine Wolke gesehn, an Gestalt gleich einem Kentauren,
Oder Panthertier, oder Wolf, oder Stier?

Strepsiades: Ei warum nicht? Aber was soll das?

Sokrates: Sie geben sich jede belieb'ge Gestalt; zum Exempel, sie sehn einen geilen,
Langhaarig verwilderten Bubenfreund, unter andern den Sohn Xenophantos',
Gleich äffen sie nach des Verrückten Figur, und verwandeln sich selbst in Kentauren.

Strepsiades: Was machen sie denn, wenn sie Simon sehn, mit der Hand in dem Säckel des Staates?

Sokrates: Sie zeichnen ihn treu ganz nach der Natur und verwandeln sich selber in Wölfe.

Strepsiades: So, drum! Als sie gestern Kleonymos sahn, den Schildwegwerfer, da wurden
Sie beim ersten Blick auf die Memme sogleich in flüchtige Hirsche verwandelt.

Sokrates: Und weil sie den Kleisthenes, den dort, erblickt, du siehst ihn?
Drum wurden sie Weiber.

Strepsiades *zum Chor*:
Nun, so seid mir gegrüßt, ihr erhabenen Frau'n! Wenn einem, tut mir den Gefallen
Und laßt, ihr Durchlauchtigen, tönen einmal die himmeldurchrollende Stimme!

Chor *zu Strepsiades*:
Sei mir auch gegrüßt, du bemooster Greis, du ideenverfolgender Weidmann!
Zu Sokrates:
Hoherpriester des Gallimathias, auch du! Tu kund dein Verlangen! Wir hören!
Denn der Überschwenglichen keinem, fürwahr, von der Zunft der Sophisten verleihen
Wir Gehör, als etwa dem Prodikos, der es verdient durch Weisheit und Tiefsinn,
Und dir, weil du breit durch die Straßen stolzierst und die stierenden Augen umherwirfst,
Stets barfuß gehst und den Leib kasteist und die Nas' – als der Unsre – so hoch trägst.

Strepsiades: Alle Welt! Wie erhaben die Stimme tönt, majestätisch, übernatürlich!

Sokrates: Kein Wunder; die einzigen Götter sind sie, und das andre ist all Larifari!

Strepsiades: Wie, – Zeus, der olympische Zeus, der soll kein Gott sein? – nicht existieren?

Sokrates: Nur nicht albern! Was faselst du da mir von Zeus? Es gibt keinen Zeus!

Strepsiades: Ei, was sagst du?
Und wer regnet denn dann? Das mußt du nun doch mir vor allen Dingen erklären!

Sokrates: Wer? Diese, sonst niemand! Das will ich dir gleich mit gewichtigen Gründen beweisen!
Du, sag mir einmal, ob du jemals den Zeus hast regnen sehn ohne Wolken?
Bedenk doch: ein Regen aus blauer Luft, und die Wolken sind dann wohl auf Reisen?

Strepsiades: Bei Apollon! Das sitzt ja wie angeschweißt: das hast du vortrefflich bewiesen!
Sonst freilich, da glaubt' ich: wenn Zeus durch ein Sieb sein Wasser abschlage, dann regn' es.
Jetzt sag mir: wer macht denn den Donner? Denn sieh: da fahr' ich halt immer zusammen.

Sokrates: *Sie* donnern, wenn übereinandergerollt sie sich wälzen.

Strepsiades: „Tollkühner, was sagst du?“

Sokrates: Wenn in reichlichem Maße mit Wasser gefüllt sie von innen getrieben dahinziehn,
Erdwärts durch die Schwere des Regens gedrückt, dann stürzen die wogenden Wasser
Sich übereinander und bersten entzwei und krachen und poltern im Platzen.

Strepsiades: Wer treibt sie denn aber? Das ist doch Zeus, der sie nötigt, sich fortzubewegen?

Sokrates: Nein, Mensch! Der ätherische Wirbel ist's!

Strepsiades: Wirr-Wirbel? Ich kenne den Gott nicht!
Zeus also ist nicht, und an seiner Statt regiert so ein Zeisig – der Wirbel?
Doch immer noch hast du mir eins nicht erklärt, dies Donnern und Krachen und Wettern.

Sokrates: Ei, hörst du denn nicht, was ich eben gesagt von den Wolken, den wassergefüllten,
Wie sie übereinander sich stürzen gebläht, und zusammengeworfen zerplatzen?

Strepsiades: Wie versteh' ich denn das?

Sokrates: Nun, so merk einmal auf: an dir selber mach' ich's dir deutlich.
Ist dir's nie an den Panathenaien passiert, daß dein Magen, mit allerlei Brühen

Überfüllt, dir mit Knurren Molesten gemacht, mit Reißen und Blähn und Rumpumpeln?

Strepsiades: Beim Apollon, gar oft; und da währt es nicht lang, und es wurmt mir und fährt durch die Därme.
So 'ne lumpige Brüh', die verführt einen Lärm und tut akkurat wie der Donner:
Erst halblaut nur: bumbum, bumbum, dann vernehmlicher schon: bubububum!
Bis donnernd gerad wie die Wolken zuletzt es herausfährt: bubububumbum!

Sokrates: Drum sieh: wenn dein Bäuchlein, winzig und klein, so gewaltige Bumbums herausfarzt,
Wie entsetzlich muß erst im erhabenen Raum rumoren das Rollen des Donners?

Strepsiades: Ich verstehe: drum sind sich auch Donner und Furz so ähnlich im brummenden Tone!
Nun aber der Blitz, wo kommt er denn her, und sein feuriges Leuchten und Zünden,
Der, wenn er uns trifft, uns zu Asche verbrennt, und wenn er nicht tötet, doch röstet;
Den sendet doch Zeus, das ist klar wie der Tag, meineidige Sünder zu strafen?

Sokrates: O du antediluvianischer Kauz, o du märchengläubiges Mondkalb!
Meineidige soll er erschlagen? Warum zerschmettert er dann nicht

den Simon,
Den Kleonymos nicht, den Theoros nicht, und was machen sich die aus 'nem Meineid?
Wo schlägt er denn ein? – In sein eigenes Haus auf Sunions heiliger Spitze,
Und in stämmige Eichen – was fällt ihm denn ein? Meineidige Eichen! Man denke!

Strepsiades: Weiß nicht! – doch es scheint, was du sagst, das ist wahr.
Nur erkläre mir noch, was der Blitz ist?

Sokrates *auf die Wolken deutend*:
Wenn in diesen ein trockener Wind sich verfängt, der empor in die Lüfte gewirbelt,
Dann schwellt er sie auf, wie Blasen, und fest zusammengepreßt durch die Spannung
Zersprengt er sie plötzlich und drängt mit Gewalt sich heraus aus der platzenden Masse,
Und vom Stoß und der heftigen Reibung entflammt, mit Sausen und Zischen verglüht er.

Strepsiades: Ei der Tausend! Aufs Haar ganz dasselbe ist mir am Diasienfeste begegnet:
Meine Vetterschaft hatt' ich zu Gast und briet eine Magenwurst; potz, da vergess' ich
Sie zu stechen zur Zeit, und da schwillt sie nun auf, und plötzlich zerplatzt sie und spritzt mir

Gerad in die Augen den ganzen Dreck und verbrennt das Gesicht mir erbärmlich!

Chorführerin *zu Strepsiades*:

O du Menschensohn, der du trachtest, von uns ausströmende, heilige Weisheit
Zu erlernen, wie groß, wie beglückt wirst du, wie berühmt in Athen und in Hellas,
Wenn stark dein Gedächtnis, tiefsinnig dein Geist, für Strapazen und Hunger und Kummer
Unempfindlich, und wenn du nicht müde wirst vom Spazierengehen und Stehen,
Wenn du frierst ohne Murren, wenn ohne Verdruß du ein Frühstück weißt zu entbehren,
Wenn du meidest den Wein und den Turnplatz fliehst und die übrigen Werke der Torheit,
Wenn du allzeit, wie dem verständigen Mann es geziemt, für das Höchste es achtest,
Im Handel und Wandel mit fertiger Zung' als Sieger das Feld zu behaupten.

Strepsiades: Was das nun betrifft: starrsinnigen Kopf, bettdeckenumwälzendes Grübeln,
Unverwöhnten, nüchternen Magen dazu, gegen Wasser und Brot nicht rebellisch –
Da sei du nur ruhig, da lass' ich auf mir, wenn es sein muß, hämmern und schmieden.

Sokrates: Und erkennst du nun auch gleich uns fortan, daß kein anderes göttliches Wesen
Existiert, denn allein diese heiligen Drei: das Chaos, die Wolken, die Zunge?

Strepsiades: Mit den andern verlier' ich, und wenn sie mir auch auf der Straße begegnen, kein Wörtchen,
Noch werd' ich an sie Speis'opfer und Trank und Weihrauchkörner verschwenden.

Chorführerin: So rede getrost: was verlangst du von uns? Wir werden dich sicher erhören,
Da du Ehr' uns gern und Bewund'rung zollst und bemüht bist, weise zu werden.

Strepsiades: Durchlauchtige Fraun! Dann bitt' ich euch nur um ein Kleines: gewährt mir die Gnade,
Laßt hundert Meilen, als Rednergenie, mich vor allen in Hellas voraus sein!

Chorführerin: Wir gewähren die Bitte; von Stund' an soll es nicht *einem* gelingen, daß öfter
Als du, er Gesetzesentwürfe beim Volk durchsetze mit glänzender Mehrheit.

Strepsiades: Nach politischer Größe gelüstet mich's nicht, ich befasse mich nicht mit Gesetzen,
Strepsiades strebt für sich selbst nur das Recht zu verdrehn, zu entschlüpfen den Zinsherrn.

Chorführerin: Eine Kleinigkeit das! Den bescheidenen Wunsch, wie sollten wir den nicht erfüllen?
Übergib dich getrost nur mit Leib und Seel' der Behandlung unserer Priester!

Strepsiades: Das tu' ich im vollen Vertrauen auf euch: ich muß – denn ich steck' in der Klemme,
Ruiniert durch die Füchs' und die Rappen, und dann durch die unglückselige Heirat.
Ich gehöre den Herrn mit Leib und Seel':
Was sie wollen, ich tu's und ich trag' es ja gern,
Durst, Hunger und Prügel und Hitz' und Frost!
Ja, laßt sie das Fell mir vom Leibe ziehn!
Und studier' ich mich nur aus den Schulden heraus,
Tituliere mich dann nach Belieben die Welt:
Frech, naseweis, grob, maulfertig, infam,
Unflat, Aufschneider und Lügenschmied,
Rechtsfälscher, mit allen Hunden gehetzt,
Schwadroneur, Windfahne, Fuchs, Klappermaul,
Nasrümpfer, Scharwenzler, aufdringliche Klett',
Aas, Neidhard, Galgenstrick, Lumpenhund,
Arschleckergesicht – –
Mag, wem es beliebt, auf der Gasse mir nach
Diese Titel schreien: nur zugeschimpft!
Meintwegen, verhackt
Mich zu Würsten, bei der Demeter, und gebt
Sie den Herrn Philosophen zu fressen!

Chorführerin: Nun, das nenn' ich einmal herzhaft,
Unerschrocken,
Rasch entschlossen! – Sei gewiß:
Lernst du hier fleißig, so ragt an das Himmelsgewölbe
Deines Namens Glorie!

Strepsiades: Und was wird's dann mit mir?

Chorführerin: Die seligsten Tage mit uns,
Beneidet von allen, verlebst du, Hochbeglückter!

Strepsiades: Aber werd' ich es auch noch Wirklich erleben?

Chorführerin: Scharenweis werden an deiner
Schwelle die Leute sich
Tagtäglich lagern,
Um sich mit dir zu besprechen,
Dich, wenn es glückt, zu befragen
Und in Prozessen und Händeln um schwere Summen
Mit dem erfahrnen Anwalt
Sich zu beraten, mit dir!
Zu Sokrates
Nimm du ihn jetzt vor, diesen Alten, und gib von dem Unterricht ihm einen Vorschmack;
Jag auf die Gedanken in seinem Kopf, sieh, ob er kapiert, und sondier' ihn!

Sokrates: Nun denn! Sag an, wie ist dein Naturell,
Damit ich weiß, mit welchen neuen Waffen
Ich demgemäß dich anzufassen habe!

Strepsiades: Was Henkers? Denkst du Sturm auf mich zu laufen?

Sokrates: Nein! Laß mich vor der Hand nur eins dich fragen:
Hast du Gedächtnis?

Strepsiades: Zweierlei, bei Zeus!
Eins – wenn *mir* jemand schuldet – sehr verläßlich:
Das andre – schuld' *ich* einem – sehr vergeßlich.

Sokrates: So wirst du doch Geschick zu Reden haben?

Strepsiades: Zum Reden? Nein! Doch desto mehr zum Rapsen.

Sokrates: Du willst studieren?

Strepsiades: Sei nur ruhig, 's geht!

Sokrates: Nun gut, so paß mal auf: Lass' ich was Tiefes,
Was Metaphysisches fallen, schnapp' es auf!

Strepsiades: Aufschnappen soll ich, wie ein Hund, den Tiefsinn?

Sokrates: Barbarisch roher Bauer, der du bist,
Du brauchst wohl, fürcht' ich, Prügel, alter Kerl! –
Was machst du, wenn dich einer schlägt?

Strepsiades: Ich lasse
Mich schlagen, paß' auf Zeugen, und dann fasse
Vor Amt ich ihn und fülle mir die Kasse.

Sokrates: Komm, leg den Rock ab!

Strepsiades *ängstlich*: Was verbrach ich denn?

Sokrates: Nichts! Unbekleidet tritt man hier nur ein.

Strepsiades: Ich kam ja nicht, gestohlnes Gut zu suchen.

Sokrates: Leg ab: wozu die Possen?

Strepsiades *legt Oberkleid und Schuhe ab*: Nur noch eins!
Wenn ich recht fleißig bin und eifrig lerne,
Sag', welchem deiner Schüler gleich' ich dann?

Sokrates: Du wirst an Geist ein zweiter Chairephon!

Strepsiades: Um Gottes willen, ein lebend'ger Leichnam?

Sokrates: Genug der Faxen! Komm und folge mir
Sogleich – nur schnell!

Strepsiades: So gib mir in die Hand
Doch einen Honigkuchen: denn mir bangt,
Als wenn ich in Trophonios' Höhle stiege.

Sokrates: Geh zu! Was tappst du um die Tür herum?

Beide hinein

Chor: So gehe mit Glück, wie dein Mut es verdient,
Dein entschlossener Sinn! –
Heil und Gelingen dem Mann,
Der, soweit er im Alter
Vorgerückt schon, dennoch den Geist

In Studien taucht, jugendlich frisch,
Und seinen Kopf, hart und ergraut,
Gibt in die Zucht des Denkens.

Chorführerin: Laßt mich, ihr Athener, einmal euch die Wahrheit sagen frei,
Lautre Wahrheit, beim Dionys, der mich großgezogen hat!
So gewiß ich heute den Preis wünsch' als Meister meiner Kunst,
Traun, so wahr ist's, daß ich gebaut nur auf eure Kennerschaft
Und den Wert des komischen Stücks, das ich für mein bestes hielt,
Als ich euch zu kosten es bot, euch zuerst, dies Stück, das mir
Wohl die meiste Mühe gemacht! – Dennoch zog man plumpe Kerls
Unverdienterweise mir vor. – Dieses Unrecht klag' ich euch
Weisen Kennern, denen zulieb' ich mir all die Mühe gab –:
Nicht als gäb' ich unter euch selbst die Vernünft'gen treulos auf:
Weiß ich doch, daß Männern wir ihr, die man anzureden schon
Glücklich ist, mein ›Liederlich und Tugendsam‹ einst wohlgefiel,
Jenes Erstlingsfrüchtchen –: ich war Jungfer noch, und heimlich mußt'
Ich's gebären, mütterlich nahm auf das ausgesetzte Kind
Eine andre, aber ihr selbst wart ihm Vater, Lehrer, Freund.
Seitdem ist mir sicher verbürgt eure Einsicht, eure Gunst.
Gleich Elektra kommt sie denn nun diesmal, die Komödie,
Um zu finden, wenn es ihr glückt, solch erprobte Kennerschar:
Ihres Bruders Locke, wofern sie sie findet, kennt sie wohl.
Seht, wie sie sich züchtig gebärd't! Vorn herunter, angenäht,
Läßt sie nicht das lederne Ding hängen, baumeln, feuerrot

An der Spitz' und fürchterlich dick, schlimmen Buben nur zum Spaß;
Spottet auch Kahlköpfe nicht aus, hopst im Kordax nicht herum,
Läßt nicht alte Männer den Stock deklamierend schwingen auf
Die Mitspieler – ärmlicher Spaß–Antwort auf gemeinen Witz!
Stürmt auch nicht mit Fackeln herein, heult und brüllt nicht Ju, Juhu!
Nein, sich selbst und ihrem Gehalt stolz vertrauend tritt sie auf.
Und obwohl ich weiß, was ich bin, trag' ich doch nicht hoch den Busch.
Zwei- und dreimal bring' ich euch nie *einen* Witz und täusch' euch nicht,
Bin euch nagelneue Sujets vorzuführen stets bedacht,
Witzige Figuren und keck, keine je der andern gleich.
Stieß ich nicht den mächtigen Mann Kleon mächtig auf den Bauch?
Doch ich trat, sobald er im Staub lag, nicht mehr auf ihm herum.
Andre – seit Hyperbolos sich einmal eine Blöße gab –
Trampeln auf dem ärmlichen Kerl stets und seiner Mutter 'rum.
Eupolis vor allen – er schleppt seinen ›Marikas‹ herein:
Schmählich! ein gewendeter Rock! meine ›Ritter‹ dumm verhunzt!
Nebenbei, dem Kordax zulieb, ein versoffnes altes Weib,
Die er stahl dem Phrynichos, wo sie das Ungeheuer frißt. –
Gleich drauf kommt Hermippos und macht auch was auf Hyperbolos,
Auch die andern werfen sofort all' sich auf Hyperbolos,
Und mein Gleichnis äffen sie nach: wie man Aal' im Trüben fischt. –

Nein, wer solche Stümper belacht, dessen Beifall wünsch' ich nicht;
Aber wenn das sinnige Spiel meiner Mus' euch Freude macht,
Dann für alle Zeiten erscheint ihr als Männer von Geschmack.

Erster Halbchor: Zeus, den erhabenen, ruf ich zuerst:
Mächt'ger Fürst der Götter, o schau
Gnädig auf unsern Reigen!
Dich auch, Gewalt'ger, der du den Dreizack
Schwingst und die Erd' und das salzige Meer
Mächtig erschütterst und aufwühlst!
Vater der Menschen, auch dich, den Gepriesenen,
Himmlischer Äther, Ernährer von allem, was atmet!
Dich auch, Rosselenker, der du
Rings in leuchtende Gluten die Welt
Tauchst, unter Göttern und Sterblichen
Hochgefeiert und strahlend!

Chorführerin: Jetzt, ihr hochwohlweisen Männer, bitten wir euch um Gehör.
Unrecht tut ihr uns, wir müssen euch verklagen vor euch selbst.
Mehr als alle andern Götter segnen wir doch eure Stadt:
Gleichwohl bringt ihr nie zum Opfer weder Trank noch Speis' uns dar,
Uns, die wir euch treu beschirmen: immer wenn im Unverstand
Ihr beschließet auszurücken, donnern oder regnen wir.
Neulich, als den gottverhaßten, paphlagon'schen Gerber ihr
Auserkoren euch zum Führer, runzelten wir gleich die Stirn,

Schnitten grimmige Gesichter, „Blitz und Donner sprühten wir“,
Und es trat der Mond aus seiner Bahn, die Sonne zog zurück
In sich selbst den Docht der Lampe und erklärt' euch rund heraus,
Daß sie keinen Strahl euch sende, wenn euch Kleon kommandiert.
Dennoch nahmt ihr ihn zum Feldherrn; denn man sagt: verkehrter Rat
Sei in eurer Stadt zu Hause; dumme Streiche, die ihr macht,
Werden aber durch der Götter Huld zum besten stets gekehrt.
Dieser Fall auch kann zum Vorteil sich euch wenden, hört mich an:
Wenn ihr Kleon, den bestochnen Schuft, den überwies'nen Dieb,
An dem Kragen packt und unters Holz ihm niederdrückt den Kopf,
Dann, trotz eurer vielen Böcke, wird zurück ins alte Gleis
Alles kehren und zum besten euch und eurer Stadt gedeih'n!

Zweiter Halbchor: König Apollon, Delier,
Hoch auf dem kynthischen Felsenhorn
Thronend, erschein', o erhör uns! –
Du auch, o Sel'ge im goldnen Tempel
Prangend zu Ephesos, wo dich verehrt
Lydischer Jungfrau'n Andacht! –
Komm, o Beschirmerin unserer Burg und Stadt,
Pallas Athene, gewaltige, Aigisbewährte! –
Du auch, der auf Parnassos' Höh'n
Schwärmt und im Kreise der delphischen Frau'n
Unter flammenden Fackeln beim Tanz
Strahlt, o komm, Dionysos!

Chorführerin: Als wir uns zur Reise fertig machten, hier zu euch herab,
Gab Selene, die uns eben traf, uns diesen Auftrag mit:
Grüßen läßt sie schön die Bürger und Verbündeten Athens;
Doch sie sei euch ernstlich böse, daß ihr sie so schlecht belohnt,
Sie, die so reelle Dienste augenscheinlich euch erwies
Und an Fackeln nur euch jeden Monat eine Drachme spart;
Wenn die Leut' am Abend ausgehn, sagen sie zum Sklaven: ›Bursch,
Fackeln brauchst du nicht zu kaufen, heut ist prächtger
Mondenschein!‹ –
Andrer Dienste zu geschweigen! Dennoch habt auf ihre Tag'
Ihr nicht pünktlich acht und werft sie durcheinander kunterbunt
Darum lesen ihr die Götter ein Kapitel jedesmal,
Wenn sie nach der alten Rechnung zählend kommen und kein Fest
Treffen, und um Schmaus und Opfer schnöd geprellt nach Hause
gehen:
Denn am Tage, wo ihr opfern solltet, richtet, foltert ihr;
Wenn wir Götter aber einen Fasttag haben, etwa wenn
Wir um Memnon trauern oder um Sarpedon, opfert ihr
Wein und lacht und scherzt. – Drum haben wir auch dem
Hyperbolos,
Der Amphiktyonenbote heuer war, vom Haupt den Kranz,
Wir die Göttinnen, gerissen: merken soll er sich's fortan,
Daß man „seine Lebenstage nach dem Mondlauf ordnen“ soll!

Zweite Szene

Der Chor. Sokrates. Strepsiades

Sokrates *allein; tritt ärgerlich aus dem Hause*:

Beim Atem schwör' ich's, bei der Luft, beim Chaos!
Nein, solchen Tölpel sah ich doch noch nie,
So bäurisch, linkisch, so stupid vergeßlich,
Der nicht die kleinste Tüftelei kapiert
Und kaum gelernt vergißt! Ich will's einmal
Mit ihm probieren hier in frischer Luft! –
Ruft hinein
Strepsiades, komm 'raus mit deinem Faulbett!

Strepsiades *innen*:

Ich bring's vor lauter Wanzen nicht vom Fleck!

Sokrates: Nur hurtig!
Strepsiades kommt heraus
Stell's da hin, paß auf!

Strepsiades: Da steht's!

Sokrates: So! – Willst du jetzt was lernen, das für dich
Ganz nagelneu? Und was zuerst? – Die Lehre
Vom Wort, vom Rhythmus, den verschiednen Maßen?

Strepsiades: Die Maße, bitt' ich! Um zwei Mäßchen hat
Mich kürzlich erst geprellt ein Mehlverkäufer.

Sokrates *unwillig*:

Ich frag' dich, welches Maß dir mehr gefällt:
Das mit drei Füßen oder das mit vier?

Strepsiades: Potz Welt! Hat denn bei euch ein Fruchtmaß Füße?

Sokrates: Du schwatzst verkehrtes Zeug!

Strepsiades: Da frag' ich jeden,
Ob ihm ein Maß mit Füßen vorgekommen?

Sokrates: Zum Henker! Wie stupid, wie ochsendumm! –
Vielleicht daß du vom Rhythmus was begreifst?

Strepsiades: Rhythmus? – Verschafft mir der mein täglich Brot?

Sokrates: Das kommt dir in Gesellschaft wohl zustatten:
Da weißt du, wenn man musiziert, doch gleich,
Wie sich der Takt, im Marsch zum Beispiel, macht.

Strepsiades: Im Arsch den Ticktack – o das kenn' ich gut!

Sokrates: Was meinst du denn?

Strepsiades *mit einer unanständigen Gebärde*:

Den Pendel mein' ich da:
Das hab' ich schon als kleiner Bub gelernt.

Sokrates: Gemeine Bestie!

Strepsiades: Aber nein, du Narr!
Dergleichen wünsch' ich nicht zu lernen.

Sokrates: So? –
Was denn?

Strepsiades: Die Kunst, die Unrecht macht zum Recht.

Sokrates: Du mußt zuvor noch manches andre lernen:
Vierfüß'ge Tiere nenne mir, die männlich!

Strepsiades: Wer das nicht wüßte, wär' ein Esel! Männlich
Sind Widder, Stier und Bock und Hund und Spatz.

Sokrates: Siehst du? So geht's: das Weibchen nennst du Spatz,
Und dann das Männchen wieder ebenso.

Strepsiades: Und dann?

Sokrates: Bedenk nur einmal, Spatz und – Spatz!

Strepsiades: Wahr, beim Poseidon! Nun, wie muß ich sagen?

Sokrates: Spatz heißt das Männchen, Spätzin heißt das Weibchen.

Strepsiades: Hem, Spätzin, also! Bei der Luft, recht hübsch!
Da muß ich wohl für diese Lehre schon
Dir bis zum Rand mit Mehl den Backtrog füllen.

Sokrates: Ein neuer Bock! *Der* Backtrog sagst du, männlich?
Das muß ja weiblich enden!

Strepsiades: Ei, wieso?
Die Endung weiblich?

Sokrates: Wie Kleonymos
Sollt' enden!

Strepsiades: Nun, wo will denn das hinaus?

Sokrates: Dein Backtrog, sieh, geht nach Kleonymos.

Strepsiades: Der ging ja dem Kleonymos grad ab!
Drum knetet er sein Mehl im runden Mörser. –
Allein im Ernst, wie muß ich sagen?

Sokrates: Wie? –
Backtrögin! wie du sagst: die Demagögin.

Strepsiades: Backtrögin? Sonderbar!

Sokrates: Das einzig Richt'ge!

Strepsiades: Backtrögin also und Kleonymin?

Sokrates: Ich sehe schon: von Eigennamen weißt
Du nicht, was männlich und was weiblich ist.

Strepsiades: Was weiblich ist, das kenn' ich gut.

Sokrates: Zum Beispiel?

Strepsiades: Lysilla, Philina, Kleitagora, Demetria.

Sokrates: Und Männernamen?

Strepsiades: Weiß ich dir die Meng'!
Philoxenos, Melesias, Amynias.

Sokrates: Dummkopf! Die sind nichts weniger als männlich!

Strepsiades: Die sind bei euch nicht männlich?

Sokrates: Nein: wie sagst
Du denn, wenn du Amynias zärtlich grüßt?

Strepsiades: Ich denk': Amynchen, grüß' dich Gott, Amynchen!

Sokrates: Nun sieh: Amynchen sagst du, wie: Philinchen: –
Ein Weib!

Strepsiades: 'S ist wahr! Er zieht auch nicht zu Feld!
Allein du lehrst mich da, was jeder weiß.

Sokrates: Tut nichts! Da setz dich hin – *Aufs Faulbett zeigend*

Strepsiades: Was soll ich tun?

Sokrates: Denk deinen Handėl philosophisch durch!

Strepsiades: Nur dort nicht, möcht' ich bitten! Muß es sein,
Kann ich die Sach' am Boden auch durchdenken.

Sokrates: Nein 's geht nicht anders! Setz dich!

Strepsiades *setzt sich*: Weh und Jammer!
So muß ich heut der Wanzen Opfer werden?!

Sokrates geht gravitätisch auf und ab. Strepsiades philosophiert

Chorführerin: Jetzt, Freund, studier' und spekulier',
Nimm deinen Kopf und deine
Fünf Sinne zusammen;
Behend, wenn du je dich verwickelst, spring
Auf einen andern
Gedanken ab; und der labende Schlaf
Bleibe fern deinem Augenlid!

Strepsiades *vom Faulbett auffahrend*:

Au au au au, au au au au!

Chorführerin: Was heulst du? Was ist dir?

Strepsiades: Ich bin des Tods! Da beißt ein Trupp Korinthier,
Die aus dem Bett gekrochen, mich zuschanden.
Und sie zwacken das Fleisch an den Rippen mir ab,
Uhuhu, und sie zapfen die Seele mir ab,
Und sie zwicken, Gott straf mich, die Hoden mir ab,
Und sie bohren sich ein in den Steiß – und hinab
Muß ich ins Grab!

Chorführerin: Ei, so jammre doch nicht so überlaut!

Strepsiades: Nicht jammern? – Und doch,
Was ich hatt', ist dahin, meine Börse, mein Teint,
Meine Seel' ist dahin, meine Schuhe dahin,
Und zu alle der Not muß ich Armer mich noch
Wach singen, bis daß
Auch dahin mein erlöschendes Leben!

Sokrates *geht auf ihn zu*:

He du, was machst du? Spekulierst du?

Strepsiades: Ich?

Ja, beim Poseidon!

Sokrates: Nun, worüber denn?

Strepsiades: Ob mir am Leib ein Stück die Wanzen lassen!

Sokrates: Verdammter Kerl!

Strepsiades: Verdammt? Das bin ich schon!

Sokrates: Nicht so empfindlich! Wickle dich brav ein,
Besinn dich jetzt auf eine Wolfsidee,
Auf einen guten Griff! *Geht wieder auf und ab*

Strepsiades: Mein Gott, wie sollen
Mir auf dem Schafspelz Wolfsideen kommen! *Sitzt vertieft*

Sokrates: Ich muß doch sehen, was der Gimpel macht!
Rüttelt ihn
Du, Alter, schläfst du?

Strepsiades: Beim Apollon, nein!

Sokrates: Was hast du da?

Strepsiades: Nicht das geringste!

Sokrates: Nichts?

Strepsiades: Nichts – als in meiner rechten Hand das Ding da.

Sokrates *streng*:
Einwickeln sollst du dich und meditieren!

Strepsiades: Worüber? Gib ein Thema, Sokrates!

Sokrates: Durchdenke, was du willst, und sag mir's dann!

Strepsiades: Ja, was ich will, das hab' ich tausendmal
Dir schon gesagt: die Gläubiger will ich prellen.

Sokrates: Gut! Wickle dich brav ein, nimm deine Sinne
Zusammen, haarscharf denk der Sache nach,
Recht kritisch, logisch und exakt!

Strepsiades: *sich kratzend*: Au weh!

Sokrates: Sei ruhig! Und verwirrt dich ein Gedanke,
Dann laß ihn fahren! Später lenkst du wieder
Den Geist darauf und wiegst ihn hin und her.

Strepsiades: Ha, bester Sokrates!

Sokrates: Was hast du, Alter?

Strepsiades: 'Nen guten Griff – in meiner Gläubiger Tasche!

Sokrates: Laß hören!

Strepsiades: Sag, wie wär's, wenn ich 'ne Hexe
Mir in Thessalien holt' und nachts für Geld
Den Mond herunterziehen ließ' und ihn
In eine runde Spiegelkapsel packte
Und fest verschlossen im Gewahrsam hielte?

Sokrates: Was soll dir das denn nützen?

Strepsiades: Was? Wenn nirgends
Der Mond mehr aufging' in der Welt, da braucht' ich
Auch keine Zinsen mehr zu zahlen.

Sokrates: Wie?

Strepsiades: Nun, weil man monatlich das Geld verzinst.

Sokrates: Nicht übel! – Nun ein zweites Probstück! Höre!
Wenn man auf fünf Talente dich verklagte,
Wie schafftest du den Handel dir vom Hals?

Strepsiades *windet und dreht sich*:
Wie? – Wie? – Das weiß ich nicht – die Frag' ist ernst!

Sokrates: Dreh nicht so eingeschrumpft dich um dich selbst,
Laß die Gedanken in die Lüfte fliegen,
Wie Maienkäfer, an dem Fuß den Faden!

Strepsiades: Ich weiß ein Mittel wider diese Klage,
Ganz schlau, das wirst du selbst gestehen!

Sokrates: Welches?

Strepsiades: Hast du in Krämerbuden je ein Glas
Gesehn – du weißt, durchsichtig, schön und hell,
Womit man Feuer macht?

Sokrates: Du meinst ein Brennglas?

Strepsiades: Das mein' ich.

Sokrates: Nun, was soll dir das?

Strepsiades: Wie wär's,
Wenn vor Gericht ich in die Sonne träte
Und dann dem Schreiber unterm Griffel weg
Das Wachs der Klagschrift gegen mich zerschmelzte?

Sokrates: Schön, bei den Grazien!

Strepsiades: Ei, wie gut ist's doch,
Daß ich die Fünftalentenklag' beseitigt!

Sokrates: Jetzt mach dich noch an etwas! Schnell!

Strepsiades: An was?

Sokrates: Wie wehrst du dich, wenn dir ein Kläger zusetzt
Und du, weil ohne Zeugen, siehst, du mußt
Verlieren?

Strepsiades: Lump'ge Kleinigkeit!

Sokrates: Wieso?

Strepsiades: Nun – während der Verhandlung, just bevor
Mein Handel käme, ging' und henkt' ich mich.

Sokrates: Dummheit!

Strepsiades: Bei allen Göttern, nein! Wenn ich
Gestorben bin, wer will mich da verklagen?

Sokrates: Unsinn! Geh fort! Den Schüler hab' ich satt!

Strepsiades: Warum denn aber, liebster Sokrates?

Sokrates: Was? Du vergißt ja alles, kaum gelernt!
So sprich: was hab' ich dich zuerst gelehrt?

Strepsiades: Laß sehn: was war das Erste doch – das Erste –?
Wie hieß das Ding, worin man Brotteig knetet? –
Ach Gott, was war's doch –?

Sokrates: Geh zu allen Teufeln,
Vergeßlich dummer, alter Eselskopf!

Strepsiades: Um Gottes willen, ach, wie wird mir's gehn?
Werd' ich kein Rabulist, bin ich verloren!
Zum Chor
Ihr Wolken, hört: gebt ihr mir guten Rat!

Chorführerin: Der Rat, den wir dir geben, Alter, ist:
Schick deinen Sohn her, wenn du einen hast
Im rechten Alter, um für dich zu lernen.

Strepsiades: Den hab' ich – ist ein hübscher, wackrer Junge:
Nur lernen will er nichts! – Wie wird mir's gehn?

Chorführerin: Das duldest du?

Strepsiades: Er ist voll Kraft und Mark,
Aus Koisyras hochfliegendem Geschlecht! –
Gut denn! Ich will ihn holen! – Will er nicht,
Dann ist's vorbei: ich werf ihn aus dem Haus!
Zu Sokrates
Du, geh indes hinein und wart ein bißchen! *Ab*

Chorführerin *zu Sokrates*:
Nun siehst du wohl, welchen Gewinn
Uns du, vor allen Göttern
Uns hast zu danken?
Bereit ist der Mann zu vollbringen, was
Du immer forderst.

Du siehst, wie angeschossen, wie
Gläubig erhitzt er auf Wunder sich spitzt;
Faß ihn und saug ohne Verzug gründlich ihn aus!
Denn du weißt: so ein Fang entschlüpft gar leicht –
Bester, dann hast du das Nachsehn!

Sokrates ab ins Haus.

Dritte Szene

Der Chor. Strepsiades. Pheidippides.** Dann:* ***Sokrates. *Später:* ***Der Anwalt der guten Sache. Der Anwalt der schlechten Sache.***

Strepsiades *kommt mit seinem Sohn*:
Beim Nebel, länger füttr' ich dich nicht mehr!
Geh hin, nag' an den Säulen des Megakles!

Pheidippides: Wie wunderlich! Was hast du denn, mein Vater?
Dir fehlt's im Kopfe, beim olymp'schen Zeus!

Strepsiades *lachend*:
„Olymp'scher Zeus!“ Hör' einer diesen Narren:
So groß, so alt – und glaubt noch an den Zeus!

Pheidippides: Was lachst du denn?

Strepsiades: Ich seh', du bist ein Kind
Und hast den Kopf voll alter Ammenmärchen.
So komm mal her; ich putze dir ihn aus;
Doch – hörst du? – aus der Schule schwatz' mir nicht!

Pheidippides: Fang an!

Strepsiades: Du schwurst da eben bei dem Zeus? –
Pheidippides! Es existiert kein Zeus!

Pheidippides: Wer denn?

Strepsiades: Der Wirbel, der ihn abgesetzt.

Pheidippides: Pah, Faselei!

Strepsiades: So ist's einmal, nicht anders!

Pheidippides: Wer sagt das?

Strepsiades: Sokrates, der Melier,
Und Chairephon, der Flohfußgeometer.

Pheidippides: Steckst du so tief schon in der Narrheit, daß
Du so verbrannten Köpfen glaubst?

Strepsiades: Halt ein!
Verleumde nicht die weisen, braven Männer,
Von denen keiner – rein aus Sparsamkeit –
Sich je den Kopf rasiert, gesalbt, noch je
Ein Bad besucht, um sich zu waschen! – Du
Verbadest mir mein Geld, als wär' ich tot! –
Jetzt geh nur und studiere dort für mich!

Pheidippides: Was kann ich denn von ihnen Gutes lernen?

Strepsiades: Was? – Alle Weisheit, die's auf Erden gibt!
Da wirst du sehn, wie roh, wie dumm du bist!
Halt! Wart ein bißchen hier! Ich komme gleich! – *Ab*

Pheidippides: Was fang' ich an? Mein Vater ist verrückt!
Soll ich vor Amt als Narren ihn verklagen?
Soll ich beim Schreiner ihm den Sarg bestellen?

Strepsiades *kommt zurück mit zwei Spatzen*:
Geh her, was ist das? Sag mir deine Ansicht!

Pheidippides: Ein Spatz!

Strepsiades: Getroffen! Aber dieses da?

Pheidippides: Ein Spatz!

Strepsiades *lachend*: Wie albern! Beides Spatzen? he? –
In Zukunft drück dich besser aus! Da sieh:
Das ist ein Spatz und dies da eine Spätzin!

Pheidippides: Was? Spätzin? – Gingst du darum nur zur Schule,
Um bei den Himmelsstürmern dies zu lernen?

Strepsiades: O sonst noch viel! Nur hat mein alter Kopf
Auch gleich vergessen wieder, was ich lernte.

Pheidippides: Drum kam dir wohl dein Mantel auch abhanden!

Strepsiades: Abhanden? – Verstudiert nur hab' ich ihn.

Pheidippides: Und deine Schuh' – wo sind sie, kind'scher Alter?

Strepsiades: „Zum Nötigen vertan“ – just wie Perikles! –
Geh, lauf jetzt! Vorwärts! Mach auch deinem Vater
Zulieb 'nen dummen Streich einmal! – Ich tat
Dir's auch zulieb – du lalltest noch, sechs Jahr' alt –
Als für den ersten Richtersold ich dir

Ein Wägelchen kaufte zum Diasienfest!

Geht auf die Philosophenklause zu

Pheidippides *folgt ihm zögernd*:

Sieh zu! Du wirst es mit der Zeit bereuen!

Strepsiades: Schön, daß du folgst! *An der Türe*

He, Sokrates, komm 'raus!

Da bring' ich meinen Sohn; er hat sich lang

Genug gesträubt!

Sokrates tritt heraus

Sokrates: Gelbschnabel, der er ist!

Nach der Hängematte zeigend

Noch ungewohnt ist ihm das luft'ge Schweben.

Pheidippides: Geh, henk dich! So gewöhnst du dich ans Schweben.

Strepsiades: Was Teufels! Unserm Lehrer so zu fluchen?

Sokrates *zu Strepsiades*:

›Henk dich!‹ – Da sieh, wie dumm, wie kindisch er

Zu diesem Wort das Maul verzieht und dehnt.

Der lernt es nie, wie man Prozess' einfädelt,

Ausficht und übern Haufen schwatzt die Richter. –

Hyperbolos gab ein Talent für das!

Strepsiades: Nimm in die Lehr' ihn doch: er hat Geschick!

Als kleines Bübchen baut' er schon daheim

Sich Häus'chen, schnitzte Schiffchen, macht' aus Leder

Sich Roß und Wagen, und aus Äpfelschalen

Recht art'ge Frösche, ja, du kannst mir's glauben! –
Daß er mir nur die beiden Künste lernt,
Die gute – ja, so heißt sie – und die schlechte;
Auf jeden Fall die schlechte, und das gründlich!

Sokrates: Die soll er von den Meistern selbst jetzt lernen!
Ich werde gehn!

Strepsiades *zu Sokrates, der hineingeht*:
Sei nur besorgt, daß er
Auf jedes Pro ein Contra setzen lernt!

Es treten auf:
der Anwalt der guten Sache, der Anwalt der schlechten Sache

Anwalt der guten Sache:
Nur heraus und laß vor dem Publikum hier
Dich sehn, wie du bist, du kecker Gesell!

Anwalt der schlechten Sache:
„Geh hin deine Bahn nur immer!" – Je mehr
Zuschauer, für dich – um so schlimmer mein Sieg!

Anwalt der guten Sache:
Dein Sieg? und wer bist du?

Anwalt der schlechten Sache: Der Anwalt –

Anwalt der guten Sache: Der Schmach!

Anwalt der schlechten Sache:

Und ich schlage dich, wenn du dich stärker als ich
Auch vermissest zu sein!

Anwalt der guten Sache: Und wie fängst du das an?

Anwalt der schlechten Sache:

Mit den neuen Ideen, die mir stehn zu Gebot.

Anwalt der guten Sache:

Die florieren jetzt – *Gegen die Zuschauer*
Dank dem abnormen Geschmack
Des verbildeten Volks –

Anwalt der schlechten Sache: Des gebildeten Volks!

Anwalt der guten Sache:

Ich vernichte dich doch!

Anwalt der schlechten Sache: Bin begierig nur, wie?

Anwalt der guten Sache:

Mit den Waffen des Rechts!

Anwalt der schlechten Sache:

Die parier' ich und werf in den Sand dich sogleich,
Denn ich sage: das Recht ist ein Unding, ein Nichts!

Anwalt der guten Sache:

Ein Nichts?

Anwalt der schlechten Sache:

Existiert es, so sage doch: wo?

Anwalt der guten Sache:

Bei den Himmlischen dort!

Anwalt der schlechten Sache:

Wenn es dort ist, warum ist es längst nicht um Zeus,
Der in Fesseln doch schlug seinen Vater, geschehn?

Anwalt der guten Sache:

Hilf Himmel! Das wird mir zu arg, und es kehrt
Sich der Magen mir um: o ich bitt', ein Geschirr!

Anwalt der schlechten Sache:

Du altväter'scher Kauz! Du vernagelter Kopf!

Anwalt der guten Sache:

Du neumodisches Schwein! Du verhurter Gesell!

Anwalt der schlechten Sache:

Wie du Rosen mir streust! –

Anwalt der guten Sache: Du Schmarotzer, du Hund!

Anwalt der schlechten Sache:

Mich mit Lilien bekränzst!

Anwalt der guten Sache: O du Dieb, du Bandit!

Anwalt der schlechten Sache:

Und du merkst es noch nicht, wie in Gold du mich faßt?

Anwalt der guten Sache:

Und du hältst es für Gold – das verächtliche Blei?

Anwalt der schlechten Sache:

Ich wüßte für mich keinen köstlichern Schmuck!

Anwalt der guten Sache:

Ha, wie trotzig, wie frech!

Anwalt der schlechten Sache: Wie veraltet, wie platt!

Anwalt der guten Sache:

Deine Schuld ist's allein,
Daß kein Bube mehr jetzt in die Schule will gehn!
Doch erkennen wird bald das athenische Volk,
Welch verderbliches Zeug die Betrognen du lehrst!

Anwalt der schlechten Sache:

Du verfaulst ja im Schmutz!

Anwalt der guten Sache: Um so schmucker bist du!

Wohl gab's eine Zeit, wo du betteln gingst
Und dem Mysier Telephos selbst dich verglichst
Und Sentenzen fraßt
Von Pandeletos, frisch aus dem Bettelsack 'raus –

Anwalt der schlechten Sache:

Tiefsinniger Fund –

Anwalt der guten Sache: Wahnsinniger Schund –

Anwalt der schlechten Sache:

– Den du eben getan!

Anwalt der guten Sache: – Den du predigst der Stadt,
Die den Dienst dir bezahlt,
Daß die Jugend des Volks du zum Laster verführst!

Anwalt der schlechten Sache *auf Pheidippides verweisend:*
Unterricht' ihn doch du, griesgrämlicher Zopf!

Anwalt der guten Sache:
Gern, wenn ich zum Guten ihn führen soll
Und nicht ihn dressieren zu faulem Geschwätz!

Anwalt der schlechten Sache:
Komm, Lieber, zu mir, laß ihn rasen, den Narrn!

Anwalt der guten Sache *drohend*:
Probier' es und rühr ihn nur an mit der Hand!

Chorführerin: Laßt endlich den Zank und das Keifen und Schmähn,
Und entwickelt einmal,
Zum Guten Du, was du vor alters die Leute gelehrt,
Zum Schlechten Du, das neue System
Der Erziehung, damit, wenn er beide gehört,
Er den Meister sich wählt, der ihn bilden soll.

Anwalt der guten Sache:
Ich versteh' mich dazu!

Anwalt der schlechten Sache: Ohne Widerspruch, ja!

Chorführerin: Wer nimmt nun zuerst von euch beiden das Wort?

Anwalt der schlechten Sache:

Das gönn' ich ihm gern!
Er verhaue sich nur mit Geschwätz! Ich beschieß'
Ihn mit neuen Sentenzen, mit neuen Ideen,
Bis ein Hagel von Pfeilen zu Boden ihn streckt;
Und wenn er zuletzt nur zu mucksen noch wagt,
Dann zerstechen ihm Augen und Backen und Maul
Meine stachligen Reden, ein Hornissenschwarm,
Der ihn zwickt, bis er völlig kaputt ist!

Erster Halbchor: Nun werden die beiden, auf ihr
Fertiges Mundstück trotzend,
Gelehrt, scharfsinnig und haar-
Spaltend im Kampf sich uns zeigen:
Wem von den zwei'n Meistern des Worts
Des Wettkampfs Preis werden soll?
Ernst ist das Spiel, wo es das Los
Gilt des Prinzips! – ›Alt oder neu?‹
Fragt sich's im Kampf, welchen mit Macht
Jetzt ihr beginnt, o Freunde!

Chorführerin: Wohlan denn du, der die Väter geschmückt mit dem
Kranz untadliger Sitte,
Laß ergehen dein Wort, wie dein Herz es erfreut, und erkläre dein
Dichten und Trachten!

Anwalt der guten Sache:

So verkünd' ich euch denn, wie vor alters es stand um die Zucht und

die Bildung der Knaben,
Als ich in der Blut', als Vertreter des Rechts, und die Sittsamkeit erstes Gesetz war.
Da durfte den Knaben kein trotziger Laut, kein störrisches Mucksen entfahren,
Da kamen im Schwarm sie die Straßen daher, nach der Singschul', all' in der Ordnung,
Aus jeder Gemeinde, nur spärlich bedeckt, und wenn es auch Roggenmehl schneite!
Nicht übereinandergeschlagen die Bein', anständig saßen und lernten
Sie ihr: „Pallas, die Städteverwüsterin“, oder: „Horch, was ertönt aus der Ferne?“
In gehaltenem Ton, in gemessenem Takt, wie die Väter von jeher es sangen.
Und wenn einer aus Eitelkeit Sprünge versucht' und die Lieder mit Schnörkeln verhunzte,
Wie es jetzo der Brauch, in des Phyrnis Manier, mit verkünstelten Koloraturen,
Dann regnet' es Schlag' auf den Sünder, der frech an den heiligen Musen gefrevelt! –
Und im Ringhof dann, wenn sie saßen zu ruhn auf dem Sande, da mußten sie züchtig
Vorbeugen das Bein, um Unziemliches nicht den Umstehenden draußen zu zeigen.
Und erhoben sie sich, so verwischten sie stets in dem Sande die

Spuren mit Vorsicht,
Daß die blühenden Formen nicht, abgedrückt, unreine Begierden erweckten.
Da salbte sich über den Nabel hinab kein Knabe, drum blüht' ihm auch wollig
Und weich um die Scham das gekräuselte Haar, wie der Flaum auf dem reifenden Pfirsich.
An die Männer drängte der Knabe sich nicht mit zärtlichem Girren und Flüstern
Und begehrlichen Blicken, schmachtlappig und frech, an den Buhler sich selber verkuppelnd.
Bei Tische stand es dem Knaben nicht zu, nach den Rettichköpfchen zu greifen
Und erwachsenen Leuten hinweg vor dem Mund Salat und Gemüse zu schnappen
Und Backwerk, Fische, Geflügel; ihm war es verpönt, zu verschränken die Beine.

Anwalt der schlechten Sache:
Altvätrisches Zeug! Diipolischer Brauch! Urmode der goldnen Zikaden!
Kekeidasgeleier! Buphonienzeit!

Anwalt der guten Sache: Ja freilich! Doch war es dieselbe,
Wo erzogen durch mich das Heroengeschlecht der Marathonkämpfer heranwuchs!
Du aber verzärtelst die Jugend von heut und vermummst sie in

Windeln und Kleider,
Daß ich oft fast ersticke, beim Waffentanz an den Panathenäen zu schauen,
Wie sich einer den Schild vor das Schamglied hält – ein Greuel der Tritogeneia! –
Wohlan denn, vertraue mir, Jüngling, und nimm mich zum Lehrer, den Anwalt des Guten,
Dann gewöhnst du dich, stets zu verachten den Markt und die Bäder, die warmen, zu meiden,
Dich dessen zu schämen, was schandbar ist, zu erglühn, wenn darob sie dich necken,
Und vom Sitze dich schnell zu erheben, sobald sich ein würdiger Alter dir nähert.
Deine Eltern kränkst du durch Unart nie und bestehst in jeder Versuchung,
Weil für heilige Pflicht du es achtest, ein Bild der Scham aus dir selber zu schaffen.
Nie wirst du vors Haus einer Tänzerin ziehn und, vom Dirnchen mit Äpfeln beworfen,
Als Mädchenjäger, der läuft in der Brunst, deinen ehrlichen Namen verlieren.
Nie wirst du den Vater beleidigen, nie ihn Iapetos schelten, noch grollend
Ihm die Streiche gedenken, die einst du empfingst, da du saßest im Nest wie ein Küchlein!

Anwalt der schlechten Sache:

Ich sage dir, Junge, vertraust du dich dem, dann macht er dich, beim Dionysos,
Zu 'nem Bübchen, Hippokrates' Püppchen gleich, und man wird dich ein Mutterkind schelten.

Anwalt der guten Sache:

Nein! Blühend und strotzend in Jugendkraft auf dem Turnplatz wirst du dich tummeln,
Kein verschrobener Schwätzer und Witzling des Markts, nach der Weise der heutigen Jugend,
Kein Zänker, der stets vor den Richtern sich balgt in Lausbagatellenprozessen;
Lustwandeln wirst du im friedlichen Hain Akademos', im Schatten des Ölbaums,
Mit schimmerndem Laube die Stirne bekränzt, an der Seite des sittsamen Freundes,
Von Eiben umduftet und müßiger Ruh' und den silbernen Blättern der Pappel,
In der Wonne des Lenzes, wenn flüsternd leis zu der Ulme sich neigt die Platane!
Wenn du also wirst tun, wie mein Wort es dich lehrt,
Wenn du eifrig es hörst und zu Herzen es nimmst,
Dann wird dir zum Lohn eine kräftige Brust,
Ein blühend Gesicht, breitschultriger Wuchs,
Und die Zunge hübsch kurz, und ein mächtig Gesäß,
Und ein mäßig Gemächt!

Doch wenn du es treibst nach der Mode von heut,
Dann wird dein Gesicht bleichsüchtig und gelb,
Deine Schultern gedrückt und schmächtig die Brust,
Deine Zunge wird lang, weitoffen dein Maul,
Und groß dein Gemächt, und klein dein Gesäß!
Der redet dir ein, *auf den Anwalt der schlechten Sache deutend*
Daß das Schöne gerade das Häßliche sei,
Und das Häßliche schön;
Und am Ende beschmutzt er dir Leib und Seel'
Mit Antimachos' säuischer Wollust!

Zweiter Halbchor *zum Anwalt der guten Sache*:
Du Hüter der strahlenden Burg
Züchtiger, ernster Weisheit,
Welch tugendlich süßen Duft
Haucht deiner Reden Blüte!
Glückselige waren's, die einst
In der Vorzeit lebten mit dir!
Zum Anwalt der schlechten Sache:
Rüste dich, du, prunkender Kunst
Meister, du mußt Neues zu Markt
Bringen; denn er, den du bekämpfst,
Hat sich erprobt als Redner!

Chorführerin: Mit Gründen stark und trotzig mußt du ihm entgegentreten,
Willst du ihn schlagen und nicht selbst ein Spott der Leute werden.

Anwalt der schlechten Sache:

Längst drückt es mich und kocht in mir, ich brenne vor Verlangen,
Mit Gegenreden sein Geschwätz ihm in den Staub zu treten.
Was tät' ich mit dem Namen, den die Denker mir gegeben,
Handhabt' ich kräftig nicht die Kunst, die ich zuerst erfunden,
Den Rechten und Gesetzen stets schnurstracks zu widersprechen!
Das heißt etwas, mit Tonnen Golds ist das nicht aufzuwiegen,
Im Dienst der schlechten Sache doch zuletzt mit Glanz zu siegen!
Zu Pheidippides
Gib acht, wie ich die Zucht, auf die er pocht, zuschanden mache!
Er sagt, vor allem müssest du die warmen Bäder meiden;
Zum Anwalt der guten Sache
Was ist der Grund, warum du ihm verbeutst die warmen Bäder?

Anwalt der guten Sache:

Weil sie, verderblich durch und durch, aus Männer Memmen machen.

Anwalt der schlechten Sache:

Halt! Sieh, da hab' ich dich am Schopf! Du kannst mir nicht entrinnen!
Ich frage dich: wen hältst du für den tapfersten der Söhne
Des Zeus? und wer bestand mit Ruhm die meisten Abenteuer?

Anwalt der guten Sache:

Ich denke: tapfrer ist kein Mann gewesen als Herakles!

Anwalt der schlechten Sache:

Hast du nun kalte Bäder je gesehn – Heraklesbäder?
Und doch, wer war so stark wie er?

Anwalt der guten Sache: Ja, solch Geschwätz ist's eben,
Das überfüllt die Bäder, das entvölkert die Palaistra!

Anwalt der schlechten Sache:

Dann tadelst du das Leben auf dem Markt: ich muß es loben;
Denn wär's nicht gut, so hätte wohl Homeros nicht den Nestor
Als Redner auf dem Markt gerühmt, noch andre kluge Männer.
Und nun die Zungenfertigkeit – er meint, der Jüngling brauche
Sich nicht darin zu üben: daß er's muß, ist meine Meinung.
Dann, sagt er, sittsam müss' er sein: o Unsinn über Unsinn!
Hast du gesehn, daß je ein Mensch mit Sittsamkeit was Gutes
Gewonnen? Sprich und halte mir ein Beispiel nur entgegen!

Anwalt der guten Sache:

Nur eins statt vieler! Peleus hat durch sie ein Schwert gewonnen!

Anwalt der schlechten Sache:

Ein Schwert? Ein herrliches Geschenk für ihn, den Mann des Jammers!
Talente hat Hyperbolos, der Lampenhändler, hundert
Mit seiner Schlechtigkeit verdient, allein ein Schwert? – mit nichten!

Anwalt der guten Sache:

Der Thetis Hand erhielt allein durch seine Tugend Peleus.

Anwalt der schlechten Sache:

Der Thetis, die im Stich ihn ließ, weil er sich schlecht gehalten
Im Bett und aufgelegt nicht war, die ganze Nacht zu schäkern!
Denn brav gedrillt sein will ein Weib: du bist ein alter Klepper!
Zu Pheidippides
Du siehst, mein Junge, was du hast von Sittsamkeit und Tugend,
Wie viele Lebensfreuden du entbehren mußt: die Knaben,
Die Weiber, Schmaus und Becherspiel und Wein und Spaß und Lachen;
Und ohne diese Freuden, sag, was ist dann noch am Leben? –
So ist's! – Dann kommt der Triebe Macht, die die Natur uns schenkte –:
Du liebst – vergißt dich – und der Mann ertappt dich in flagranti –
Du bist verloren: denn dir fehlt die Suada! Sei *mein* Jünger,
Folg deinen Trieben, spring und lach und halte nichts für Sünde!
Und trifft der Mann bei seiner Frau dich an, dann haranguier' ihn:
Du seist dir keiner Schuld bewußt, er soll' an Zeus nur denken,
Der selbst der Lieb' und schönen Frau'n nicht widerstehen konnte:
Wie solltest du, der Sterbliche, mehr als der Gott vermögen?

Anwalt der guten Sache:

Brennt deinen Zögling dann im Arsch der Rettichkeil, die Kohle –
Mit welchen Gründen wird er dann dartun: er sei kein Klaffarsch?

Anwalt der schlechten Sache:

Ist er ein Klaffarsch – ei, was schadet's ihm?

Anwalt der guten Sache:

Gibt's denn ein größres Unglück noch für ihn?

Anwalt der schlechten Sache:

Du! – wenn ich jetzt dich ad absurdum führe –?

Anwalt der guten Sache:

Ja, dann verstumm' ich!

Anwalt der schlechten Sache: Nun, so sage mir

Was sind die Advokaten denn?

Anwalt der guten Sache:

Klaffärsche!

Anwalt der schlechten Sache: Recht! das mein' ich auch!

Und dann: was sind die Tragiker?

Anwalt der guten Sache:

Klaffärsche!

Anwalt der schlechten Sache: Wieder gut bemerkt!

Die Demagogen aber, he?

Anwalt der guten Sache:

Klaffärsche!

Anwalt der schlechten Sache: Wird dir's endlich klar,

Daß du ins Blau' hinein geschwatzt? –

Sieh unterm Publikum dich um,

Was siehst du rund herum?

Anwalt der guten Sache: Ich seh' –

Anwalt der schlechten Sache:

Was siehst du, sprich?

Anwalt der guten Sache:

Weitaus die meisten – großer Gott!
Klaffärsche sind's! Ich kenne sie,
Nach einzelnen Zuschauern deutend
Hier einer, da ein zweiter, dort
Der Lockenkopf, und der! und der! –

Anwalt der schlechten Sache:

Was sagst du nun?

Anwalt der guten Sache:

Ihr geilen Böcke jung und alt,
Ich bin besiegt!
Wirft sein Oberkleid in die Orchestra hinunter und springt dann hintendrein
Fangt meinen Mantel auf, ich geh'
In euer Lager über!

Anwalt der schlechten Sache:

Wie nun? Gedenkst du deinen Sohn zurück
Zu nehmen, oder soll ich jetzt ihn lehren?

Strepsiades: Ja, lehr ihn, halt ihn scharf und stutz ihn zu:
Zweischneidig muß sein Maul sein, wie ein Schwert,
Die eine Schneide nur für Lumpenhändel,
Die andre scharf für Kapitalprozesse.

Anwalt der schlechten Sache:

Wart nur! Er wird ein tüchtiger Sophist!

Pheidippides: O freilich, so ein blasser, armer Schlucker!

Chorführerin: Geht hin!

Der Anwalt der schlechten Sache mit Pheidippides ab in Sokrates' Haus

Zu Strepsiades

Ich fürchte nur: du wirst Es bitter einst bereuen!

Strepsiades ab

Chorführerin *an die Zuschauer*:

Was die Richter profitieren, wenn sie unserm Chor sein Recht
Heute widerfahren lassen, das eröffnen wir euch jetzt.
Nämlich: Wenn ihr euer Brachfeld pflügen wollt zur Frühlingszeit,
Sollt zuerst ihr Regen haben, und die andern hintennach.
Eure Saaten, eure Reben nehmen wir in unsre Hut,
Daß sie nicht durch Dürre leiden noch durch lange Regenzeit.
Doch will einer uns nicht ehren, er, ein Mensch, uns Göttinnen,
Mag er wohl erwägen, welche Strafen unser Zorn ihm droht!
Weder Wein noch andre Früchte tragen wird ihm dann sein Gut;
Fängt der Ölbaum an zu knospen, setzt der Rebstock Augen an,
Schlagen wir sie ihm mit Hagel, mächt'ge Schleudern schwingen wir.
Sehen wir sein Dach ihn decken, regnen und zertrümmern wir
Ihm mit eiergroßen Schloßen alle Ziegel auf dem Haus.
Wenn er oder einer seiner Freund' und Vettern Hochzeit macht,

Soll's die ganze Nacht durch regnen, daß er lieber wünscht', er wär'
In Ägypten heut gewesen, als so dumm beim Urteilsspruch!

Vierte Szene

***Der Chor*. *Strepsiades* kommt mit einem Mehlsack auf dem Rücken.**
*Dann: **Sokrates**. **Pheidippides**. Später: **Pasias** mit einem Begleiter. **Amynias**.*

Strepsiades: Noch fünf, dann vier, dann drei, dann nur noch zwei,
Und dann der Tag der Schrecken, den ich mehr
Als alle fürcht' und hasse, der verfluchte,
Dann ist er da, o weh, der Alt' und Neue.
Da kommen denn die Gläubiger, hinterlegen
Die Sporteln, drohn und schwören, mich vom Hof
Zu jagen, taub für all mein Flehn und Bitten:
›Nimm, Bester, nicht mein Letztes! Gib Termin!
Erlaß mir das!‹ – Was hilft's, sie sagen: ›Nein!
Wir wollen unser Geld, sonst geht's zum Teufel!‹
Ich sei ein Lump, Betrüger! Kurz, sie klagen. –
Klagt ihr, solang ihr wollt! Das schiert mich wenig,
Wenn nur Pheidippides brav reden lernt! –
Muß doch einmal an die Butike klopfen
Und sehn, wie's geht. Heda!

Klopft. Sokrates kommt heraus

Sokrates: Strepsiades? –
Willkommen!

Strepsiades: Dank! Da nimm den Sack einmal!

Stellt den Mehlsack ab

Muß doch dem Lehrer mich erkenntlich zeigen!
Was macht er denn, mein Sohn? Kapiert er? Kann er
Die neue Kunst, die du erfunden hast?

Sokrates: Er kann sie.

Strepsiades: Dank dir, Göttin Schelmerei!

Sokrates: Laß klagen, wer da will! Er haut dich durch!

Strepsiades: Auch wenn der Gläubiger Zeugen hat?

Sokrates: Nur um
So besser, und wenn's tausend Zeugen wären!

Strepsiades: „Juheisa! laut jubilier' ich, überlaut!
Heil mir!“ und ihr – heult, ihr Pfennigfuchser! Weh
Euch, eurem Kapital und Zinseszins!
Versucht es jetzt und spielt mir einen Streich!
Hab' ich da innen im Haus
Doch einen trefflichen Sohn,
Zweischneidig blitzt seine Zunge!
Mein Hort, mein Retter, meiner Feinde Schrecken,
Der, mein Erlöser, die Last wälzt von des Vaters Herz!

Zu Sokrates

Ruf ihn heraus! Geschwind! Lauf, lauf, ich muß ihn sehn!

Sokrates gebt hinein

„Komm, o mein Sohn, mein Sohn!
Liebstes Kind, höre, dein Vater ruft!“

Sokrates kommt mit Pheidippides heraus

Sokrates: Da hast du den Mann!

Strepsiades *ihn umarmend*:
Teurer Sohn! Teurer Sohn!

Sokrates: Nimm ihn hin und geh! *Geht wieder hinein*

Strepsiades: Juhe, mein Sohn,
Juheirassa!
Das ist 'ne Freude! Wie gelehrt du aussiehst!
Aus deinen Augen blitzt der Widerspruch,
Das Leugnen; und das übliche: „Was schwatzst du?“
Zuckt um den Mund dir, und der Ernst, womit
Man sich beleidigt stellt, wenn man beleidigt.
Das kenn' ich: echt athenisch ist dein Blick!
Einst mein Ruin, jetzt sei mein Retter, Sohn!

Pheidippides: Was fürchtest du?

Strepsiades: Ach Sohn, den Alt' und Neuen!

Pheidippides: Was soll denn das? Der alt' und neue Tag?

Strepsiades: Der Tag, wo sie die Sporteln hinterlegen –

Pheidippides: Und ihre Hinterlag' auch schön verlieren:
Denn ein Tag ist doch nicht zugleich auch zwei.

Strepsiades: Wie? wirklich nicht?

Pheidippides: So wenig als dieselbe
Person ein Mädchen und ein altes Weib.

Strepsiades: So heißt's doch im Gesetz?

Pheidippides: Sie deuten's falsch:
So ist es nicht gemeint.

Strepsiades: Wie anders denn?

Pheidippides: Der alte Solon war ein Mann des Volks –

Strepsiades: Was geht denn das den Alt' und Neuen an?

Pheidippides: Zu Vorladungen setzt' er fest zwei Tage,
Den Alt' und Neuen, daß die Klage dann
Mit Hinterlag' erfolgen kann am Neumond.

Strepsiades: Was soll davon der Neue noch?

Pheidippides: Wie dumm!
Damit der Angeklagte tags zuvor
Erscheinen und sich lösen kann; wo nicht,
Geht man am Neumond morgens ihm zu Leib.

Strepsiades: Wie kommt's, daß das Gericht die Hinterlage
Am Alt' und Neuen, nicht am Neumond fordert?

Pheidippides: Vorschmeckerbrauch – gerade wie beim Opfern:
Die Hinterlage, die sie wegzuschnappen
Gedenken, kosten sie schon tags zuvor.

Strepsiades *gegen die Zuschauer*:
Wie sitzt ihr da so dumm, ihr armen Narren,

Ein Fraß für uns, die Klugen! Stock' und Steine!
Ihr Schöpse, Klötze, Nullen, leere Kacheln!
Wir Glücklichen! Ich darf auf meinen Sohn
Und mich wahrhaftig wohl ein Loblied singen:
Singt:
„Strepsiades wie du glücklich bist!
Du selber so weis', und welchen Sohn
Besitzt du dazu!"
Also preisen die Freunde mich
Bald und die Nachbarn voll Neid,
Wenn deine Kunst in jedem Prozeß
Siegerin bleibt!
Komm jetzt nach Haus mit mir, ich will
Festlich dich bewirten!

Beide ab in Strepsiades' Haus.
Pasias, ein wohlbeleibter Kapitalist, geht in Begleitung eines Zeugen auf Strepsiades' Haus zu

Pasias: Was? Soll man da sein eignes Geld verlieren?
Das wäre schön! – Ich hätte freilich klüger
Ihn rundweg abgewiesen, statt mich jetzt
Mit ihm herumzuschlagen! – Jetzo muß
Ich dich bemühn als Zeugen und verfeinde
Mich obendrein mit einem alten Nachbarn. –
Streng halt' ich auf die Ehre unsrer Stadt,
Drum lad' ich dich. Strepsiades –

Strepsiades tritt heraus

Strepsiades: Wer ruft?

Pasias: – Vor auf den Alt' und Neuen!

Strepsiades *zum Chor*: Ihr seid Zeugen:
Zwei Tage sagt er! hört ihr? *Zu Pasias*
Was betrifft's?

Pasias: Zwölf Minen, die du, wie du weißt, empfingst,
Als du den Goldfuchs kauftest –

Strepsiades: Ich! ein Roß?
Hört ihr? Ihr wißt, wie ich das Rösseln hasse!

Pasias: Beim Zeus! Du schwurst, mich redlich zu bezahlen.

Strepsiades: Beim Zeus! Das lass' ich bleiben! Damals wußte
Pheidippides noch nichts vom neuen Recht!

Pasias: Und deshalb leugnest du die Schuld mir ab?

Strepsiades: Was hätt' ich sonst vom Studium meines Sohns?

Pasias: Schwörst du mir sie auch bei den Göttern ab,
Wenn ich zum Eid dich treib'?

Strepsiades: Bei welchen Göttern?

Pasias: Bei Zeus, Poseidon, Hermes!

Strepsiades: Ja, bei Zeus,
Drei Obolen drein noch, wenn ich schwören darf!

Pasias: Ha, unverschämt! Das sollst du mir entgelten!

Strepsiades *auf Pasias' Bauch zeigend*:
Brav durchgelaugt gäb' der 'nen hübschen Schlauch –

Pasias: So? auch noch Hohn?

Strepsiades: – der seinen Eimer faßt!

Pasias: Beim großen Zeus und allen Göttern, das
Geht dir nicht hin!

Strepsiades: Wie spaßhaft: ›Götter!‹ und
›Bei Zeus!‹ – Da lacht ein Wissender sich krank!

Pasias: Das wirst du bitter büßen, warte nur!
Jetzt sag mir: willst du zahlen oder nicht?
Damit ich fortkomm'!

Strepsiades: Wart ein bißchen! Gleich
Will ich dir klar und bündig Antwort geben.

Läuft ins Haus

Chorführerin *zu Pasias*:
Was, meinst du, wird er tun?

Pasias: Ich denk', er zahlt.

Strepsiades kommt mit einer Mulde

Strepsiades: Wo ist der Mensch, der Geld von mir verlangt?
Du, was ist das?

Pasias: Was das ist? Nun, ein Backtrog.

Strepsiades: Und du willst Geld von mir, du Ignorant?
Nicht einen Heller geb' ich einem Mann,
Der Backtrog mir anstatt Backtrögin sagt!

Pasias: Also, du zahlst mich –

Strepsiades: Nicht, soviel ich weiß!
Drum mach dich auf die Bein' und schere dich
Vor meiner Türe weg!

Pasias: So wahr ich leb',
Ich geh' und hinterlege die Gebühren!

Strepsiades: Und die sind hin, so gut als die zwölf Minen!
Zwar tut mir's leid: denn Einfalt war's doch nur,
Statt ›die Backtrögin‹ ›der Backtrog‹ zu sagen!

Pasias mit dem Zeugen ab. Ebenfalls mit einem Zeugen kommt Amynias, ein junger Herr, die Peitsche in der Hand

Amynias: O weh, o weh!

Strepsiades: Ei, ei!
Wer plärrt da so erbärmlich? Ist's vielleicht
Ein Gott aus den Karkinos Jammerstücken?

Amynias: „Ihr fragt mich, wer ich bin? – Ach Gott, ein Mann
Des Unglücks!“

Strepsiades: So? Dann geh, woher du kamst!

Amynias: „O hartes, wagenradzertrümmerndes
Geschick! O Pallas, so verließt du mich?“

Strepsiades: Was tat Tlepolemos dir denn zuleide?

Amynias: Hör du! Anstatt zu spotten, mache du,
Daß endlich mir dein Sohn mein Geld bezahlt,
Zumal ich eben selbst im Unglück bin!

Strepsiades: Was denn für Geld?

Amynias: Das er von mir geborgt.

Strepsiades: Da ist dir's, scheint mir, wirklich schlecht gegangen.

Amynias: Weiß Gott! Beim Wagenrennen fiel ich 'runter. –

Strepsiades: Drum faselst du, wie auf den Kopf gefallen.

Amynias: Ich fasle? So? wenn ich mein Geld verlange?

Strepsiades: Gewiß! Du bist bedenklich krank.

Amynias: Wieso?

Strepsiades: Ich glaub', ein Erdstoß hat dein Hirn lädiert.

Amynias: Und ich, beim Hermes, glaub', du wirst zitiert,
Wenn du mich nicht bezahlst!

Strepsiades: Du, sage mir,
Was meinst du, schickt uns Zeus wohl jedesmal,
Wenn's regnet, frisches Wasser, oder zieht
Das gleiche Wasser immer 'rauf die Sonne?

Amynias: Das weiß ich nicht, das ist mir einerlei.

Strepsiades: Du glaubst, du hast das Recht mir Geld zu fordern,
Und weißt kein Wort von überird'schen Dingen?

Amynias: Nun, bist du nicht bei Geld, so zahl mir doch
Den Zins!

Strepsiades: Den Zins? Was ist das für ein Tier?

Amynias: Ein silbern Ding, das im Verlauf der Zeit
Stets größer wird und wächst von Tag zu Tag,
Von Mond zu Mond.

Strepsiades: Nicht übel definiert!
Nun weiter! Glaubst du, daß das Meer zur Zeit
Viel größer ist als sonst?

Amynias: Das bleibt sich gleich;
Ich seh' nicht ein, warum es wachsen sollte.

Strepsiades: Das also wächst trotz aller Ströme, die
Sich drein ergießen, nicht, und du, Kujon,
Du willst, dein Geld soll wachsen mit der Zeit?
Willst du dich packen, auf der Stelle, he?
Reißt ihm die Peitsche aus der Hand
Her mit der Peitsche! *Haut ihn*

Amynias *zum Chor*: Ihr alle seid mir Zeugen!

Strepsiades: Hott! Willst du traben, Schimmel? Hott, hott, hott!

Amynias: Ha, schändliche Mißhandlung!

Strepsiades: Wart, ich stupfe
Dir unterm Schwanz, du Klepper! Willst du ausziehn?
Amnias entflieht

Ha, läufst du? Gut! Sonst hätt' ich dich mobil
Gemacht samt deinem Fuhrwerk, Sitz und Deichsel!

Ab ins Haus

Erster Halbchor: Das heißt denn doch die bübische Lust zu weit
Getrieben! Der Alte
Ist nun darauf erpicht, das Geld
Zu unterschlagen, das er lieh!
Es kann nicht fehlen, ihm passiert
Unversehens noch heute was,
Wo der abgefeimte Schalk,
Der Sophist,
Für seine Bubenstückchen all',
Wie er's verdient, belohnt wird!

Zweiter Halbchor: Ich denk', ihm wird nur allzubald der Wunsch
Erfüllt, der ihn plagte:
In seinem Sohn den Mann zu sehn,
Der stets mit Gegengründen weiß
Das Recht zu beugen, der gewandt
Jeden Gegner, den er trifft,
Bei dem schlecht'sten Handel selbst
Niederschlägt;
Gib acht, gib acht! Er gäb' was drum,
Sein Söhnchen wäre stockdumm!

Fünfte Szene

Chor. Strepsiades. Pheidippides. *Später* ***Schüler des Sokrates. Sokrates. Chairephon.***

Strepsiades stürzt aus dem Hause, hinter ihm drein sein Sohn, der nach ihm schlägt

Strepsiades: Au, au!
Ihr Nachbarn, Freunde, Vettern, steht mir bei!
Helft! helft mir, wie ihr könnt! Er prügelt mich!
Mein Kopf, ach meine Backen! – O du Scheusal,
Du prügelst deinen Vater?

Pheidippides: Ja, mein Vater!

Strepsiades: *zum Chor*:
Seht, er gesteht's, daß er mich schlug!

Pheidippides: Warum nicht?

Strepsiades: Spitzbube, Straßenräuber, Vatermörder!

Pheidippides: Ich bitte, noch einmal und derber noch!
Du glaubst es nicht, wie mich dein Schimpfen freut!

Strepsiades: Schandbube!

Pheidippides: Streu mir doch noch mehr der Rosen!

Strepsiades: Du prügelst deinen Vater?

Pheidippides: Und mit Recht!
Das will ich dir beweisen!

Strepsiades: Was, du Unmensch?
Recht soll es sein, wenn man den Vater prügelt?

Pheidippides: Ich diene dir mit triftigen Beweisen.

Strepsiades: Das willst du mir beweisen?

Pheidippides: Ohne Müh'!
Nach welcher Logik soll ich dir's erhärten?

Strepsiades: Nach welcher –?

Pheidippides: Nach der guten oder schlechten?

Strepsiades: So? Hab' ich darum dich studieren lassen
Die Kunst, dem Recht ein Schnippchen zu schlagen, um
Mir weiszumachen, daß mit Fug und Recht
Der Vater von dem Sohne Prügel kriegt?

Pheidippides: So gründlich hoff' ich dich zu überzeugen,
Daß du, du selbst mir nichts entgegenhältst.

Strepsiades: Nun, auf die Rede bin ich doch begierig!

Chorführerin: Jetzt, Alter, ist's an dir, dich zu besinnen, wie
Du *ihn* überwältigst.
Denn wär' er seiner Sache nicht gewiß, er wär'
Doch nicht so vermessen!
Wer weiß, worauf er pocht! So zuversichtlich spricht
Nur, wer sich gedeckt weiß!
Wie hat sich aber zwischen euch doch dieser Zank entsponnen?
Das muß der Chor doch wissen: drum erzähl' es unverhohlen!

Strepsiades: So hört denn, was die Ursach' war, daß wir in Streit gerieten:
Wir schmausten eben, wie ihr wißt, die Tafel war vorüber.
Da fordert' ich ihn auf, ein Lied zur Leier mir zu singen,
Das von Simonides ihr kennt's: „der Widder war geschoren!"
Da fuhr er auf: Altmodisch sei das Leiern und das Singen
Beim Trinken – wie die Weiber, wenn sie dürre Gerste mahlen.

Pheidippides: Hast du nicht Tritt und Prügel schon verdient, indem du singen
Mich hieß'st bei Tisch, als hättest du Zikaden zu bewirten?

Strepsiades: Ja, ja, so sprach er, auf ein Haar ganz ebenso, schon drinnen,
Und der Simonides – kurzweg, der sei ein schlechter Dichter!
Kaum hielt ich mich: doch wollt' ich nicht gleich anfangs mich ereifern
Und bat ihn: ›Nimm ein Myrtenreis zur Hand und rezitiere
Mir etwas aus dem Aischylos!‹ – ›Was?‹ fuhr er auf und sagte:
›Weißt du, daß Aischylos der Arsch ist unter den Poeten,
Pausbäckig, klaffend, ungeschlacht, hart, schwülstig, aufgedunsen?‹
Nun denkt euch, wie vor Ingrimm mir das Herz im Leibe pochte!
Gleichwohl verbiß ich meinen Zorn und sagte: ›Laß mich lieber
Was hören von den Neueren, was geistreich Elegantes!‹
Da sprach er aus Euripides die Stelle, wo der Bruder
– Gott helf uns! – seiner Mutter Kind, die eigne Schwester schändet.
Jetzt hielt ich mich nicht mehr und riß ihn fürchterlich herunter

Und schimpft' ihn aus und schalt ihn derb: da gab nun, wie gebräuchlich,
Ein Wort das andre, bis zuletzt er aufsprang, fest mich packte,
Zu Boden warf und trat und schlug und fast zu Tod mich würgte!

Pheidippides: Mit Recht! Da du Euripides, den weisesten der Dichter,
Nicht lobtest.

Strepsiades: Was? Den Weisesten? O du – wie soll ich sagen?
Das setzt nun wieder Prügel!

Pheidippides: Ja, bei Zeus, und wohlverdiente!

Strepsiades: So? Wohlverdient? Du frecher Bub! Hab' ich dich nicht erzogen
Und immer gleich erraten, was du lallend sagen wolltest?
Und schriest du: ›Bäh!‹ da lief ich gleich und brachte dir zu trinken.
Und sagtest du: ›Pap, pap!‹ da rannt' ich fort, den Brei zu holen.
Kaum hattest du: ›Äh! äh!‹ gesagt, da nahm ich dich und setzte
Dich vor die Tür und hielt dich – – Ha! und jetzt, du Bube, würgst du
Mich also? Und so laut ich rief
Und schrie: ich müsse kacken, trugst
Du doch mich nicht, verruchter Sohn,
Zur Tür hinaus, du klemmtest mich,
Bis drin ich Ääh machte!

Chorführerin: Ha, voll Erwartung hüpft jetzt wohl den jungen Herrn
Das Herz, was der Sohn spricht!

Denn wenn nach dem, was er getan, es ihm gelingt,
Sich sauber zu waschen:
Wer wird dann noch 'ne taube Nuß für euer Fell
Euch geben, ihr Alten?
Wohlan! Jetzt gilt's, du Held der neurhetorischen Manöver,
Die Sache zu beleuchten so, als wärst du ganz im Rechte.

Pheidippides: Wohl ist's ein Glück, vertraut zu sein mit dem System des Tages
Und hoch herabzusehen auf den Quark der alten Sitte:
Solang ich die Gedanken nur auf Roß und Wagen lenkte,
Vermocht' ich ohne Anstoß nicht drei Worte vorzubringen.
Seit mich mein Vater selbst von all den Possen abgezogen
Und ich mir Dialektik und Rhetorik angeeignet,
Jetzt zeig' ich klar: der Sohn hat recht, der seinen Vater prügelt!

Strepsiades: Ach, rößle doch, soviel du willst! Ich füttre dir ja lieber
Vier teure Gäul', als daß, o Greu'l, ich voller Beulen heule!

Pheidippides: Ich komme wieder auf den Satz, wo du mich unterbrochen,
Und frage dich vor allem: hast du mich als Kind geschlagen?

Strepsiades: Nun ja, aus Lieb' und Sorge nur für dich!

Pheidippides: Aha! Nun sage:
Ist's da nicht billig, daß auch ich dir meine Liebe zeige?
Warum soll deine Haut allein gesichert sein vor Prügeln,
Die meine nicht? Ich bin doch auch, bei Gott, ein Freigeborner!

„Die Kinder sollen heulen, doch der Vater nicht!“ Weswegen?
Du sagst vielleicht, das sei einmal der Brauch so bei den Kindern?
Gut, sag' ich dann, die Alten sind bekanntlich zweimal Kinder,
Und zweimal mehr verdienen sie drum Prügel als die Jungen,
Da ihre Schuld auch größer ist, wenn sie sich doch vergehen.

Strepsiades: Nein, das verbeut in aller Welt doch das Gesetz den Kindern!

Pheidippides: Hat denn nicht aber dies Gesetz ursprünglich vorgeschlagen
Ein Mensch, wie ich und du, und dann es durchgesetzt mit Gründen?
Und was die Alten durften – darf ich ein Gesetz den Neuen
Nicht schaffen, demgemäß die Schläg' heimgibt der Sohn dem Vater?
Die Prügel, die wir kriegten, eh' noch dies Gesetz erlassen,
Die schenken wir euch überdies als längst verjährte Schulden. –
Da sieh einmal die Hahnen an und andre solcher Tiere,
Die schenken ihren Vätern nichts: und doch – was unterscheidet
Sie denn von uns, als daß sie nicht wie wir Beschlüsse kritzeln?

Strepsiades: Ei, wenn in allem du es doch nachmachen willst den Hahnen,
Scharr doch dein Futter aus dem Mist, und schlaf auf einer Stange!

Pheidippides: Das ist ein andres, Freund, das ließ' auch Sokrates wohl bleiben!

Strepsiades: So laß auch du das Schlagen sein, sonst wirst du's noch bereuen!

Pheidippides: Wieso?

Strepsiades: Wie ich berechtigt bin, dich abzustrafen, also
Auch du, wenn dir geboren wird ein Sohn – –

Pheidippides: Und wird mir keiner,
Dann hab' ich ganz umsonst geheult, du – lachtest noch im Tode!

Strepsiades *gegen die Zuschauer*:
Ihr Herren meines Alters, mir zwar scheint er recht zu haben:
Einräumen, denk' ich, muß man doch, was billig ist, den Jungen:
Tun wir, was wir nicht sollten, dann gehört auch uns die Rute!

Pheidippides: Noch einen Satz! Merk auf!

Strepsiades: Ich muß, sonst geht es mir ums Leben!

Pheidippides: Nein, leichter tröstest du danach dich über deine Schläge.

Strepsiades: Was meinst du? Welcher Vorteil soll mir noch daraus erwachsen?

Pheidippides: Die Mutter prügl' ich ebenso wie dich!

Strepsiades: Wie, was? Was sagst du?
Noch einen ärgern Frevel?

Pheidippides: Wie? und wenn ich nun als Anwalt
Der schlechten Sach' erhärten kann,
Pflicht sei's, die Mutter durchzubläun ?

Strepsiades: Vermagst du das, dann bleibt dir nichts
Mehr übrig, als vom Felsen dich
Zu stürzen ins Verbrecherloch
Mit Sokrates
Und deiner schlechten Sache!
Zum Chor
Und das verdank' ich alles euch, ihr Wolken,
Auf die ich leider all mein Sach' gestellt!

Chorführerin: An allem bist du selber schuld! Warum
Hast du aufs Schlechte deinen Sinn gestellt?

Strepsiades: Warum habt ihr mir das nicht gleich gesagt?
Warum mich alten Esel noch gestachelt?

Chorführerin: Das tun wir immer, wenn wir einen sehn,
Der blind dem Trieb zu bösen Werken folgt,
Bis wir ihn endlich ins Verderben stürzen,
Auf daß der Tor die Götter fürchten lerne.

Strepsiades: Weh, weh mir! Hart, ihr Wolken, doch gerecht!
Warum versucht' ich meine Gläubiger
Zu prellen um ihr Geld? –
Zu Pheidippides
Jetzt komm, mein Sohn,
Komm! – Nieder mit dem Chairephon, dem Schurken,
Und Sokrates, die mich und dich betrogen!

Pheidippides: Nein, meinen Lehrern tu' ich nichts zuleide!

Strepsiades: Doch! „Fürchte Zeus, den väterlichen Gott!"

Pheidippides: Nun hört mir: ›Zeus‹ – Altvätrisches Gewäsch!
Ist denn ein Zeus?

Strepsiades: Er ist!

Pheidippides: Er kann nicht sein!
Der Wirbel herrscht, der hat ihn abgesetzt.

Strepsiades: Was? Abgesetzt? – Ich freilich glaubte das,
auf eine alte verwitterte Vase, die bei dem Hermesbild steht, zeigend
Und dieses Ding da, meint' ich, sei der Wirbel,
Ich armer Narr, dies irdene Gefäß!

Pheidippides: Schwatz Unsinn mit dir selbst, verrückter Alter! *Ab*

Strepsiades: Verrückt, das war ich, toll genug, die Götter
Dem Sokrates zulieb hinauszuwerfen!
Vor die Hermessäule tretend
Ach, lieber Hermes, zürne mir nicht drob,
Vernichte mich nicht ganz, vergib mir, daß
Durch das Geschwätz ich mich betören ließ!
O rate mir: Soll ich sie vor Gericht
Belangen? oder wie? Was meinst du sonst?
Legt sein Ohr an den Hermeskopf
– – Hast recht! Wozu Prozess' anzetteln? Lieber
Steck' ich den Rabulisten überm Kopf
Das Haus an!
Ruft in sein Haus hinein

Holla! Heda, Xanthias!

Komm 'raus und bring mir Leiter, Axt und Hacke,
Und steig hinauf auf die Studierbutike;
Hau, wenn du deinen Herren liebst, das Dach
Zusammen, daß die Balken sie zerschmettern!

Der Sklave steigt hinauf und fängt an einzureißen

Und du!

Einem zweiten Sklaven rufend

Bring mir 'ne Fackel, aber brennend!

Der Sklave tut es

Wart nur, ich will dir diesmal, du da drinnen,
Und euch, ihr unverschämten Scharlatans!

Ein Scholar *im Innern*:

Au weh, au weh!

Strepsiades *die Fackel schwingend*:

Ha, Fackel, halt dich gut und speie Flammen!

Scholar: Mensch, was beginnst du?

Strepsiades: Was ich mach'? Ich löse
Nur dort den Dachstuhl dialektisch auf.

Chairephon *im Innern*:

Wer steckt das Haus uns überm Kopf in Brand?

Strepsiades: Der Mann, dem ihr den Mantel abgenommen.

Chairephon: Mordbrenner!

Strepsiades *hinaufsteigend*: Ja, das möcht' ich eben werden,

Wenn diese Axt nicht meine Hoffnung täuscht
Und ich nicht 'runterstürz' und brech' den Hals.

Sokrates *von innen*:

Was machst du denn da oben auf dem Dach?

Strepsiades: „In Lüften schweb' und Helios überseh' ich!“

Chairephon *wie oben*:

Entsetzlich, weh mir Armen! Ich ersticke!

Sokrates: Dämonisches Verhängnis! Ich verbrenne!

Strepsiades *heruntersteigend*:

Recht so! Wer hieß euch auch der Götter spotten
Und nach Selenes Heimlichkeiten spähn?

Zu Xanthias, der ebenfalls heruntersteigt

Schlag zu

Xanthias schlägt nach den herausspringenden Scholaren

und hau und schmettre drein! Du weißt,
Zehnfach verdienen sie's, die Atheisten!

Die Philosophenklause steht in Flammen

Chorführerin *zum Chor*:

Nun ziehet hinaus: denn wir haben uns heut gehörig im Reigen geschwungen!